Chère Lectrice,

Vous qui rêvez d'un monde merveilleux, vous qui souhaiteriez parfois vivre l'histoire d'une héroïne de roman, vous avez choisi un livre de la Série Romance.
Vous verrez, en lisant cette aventure passionnante, que la chance peut sourire à tout le monde – et à vous aussi.
Duo connaît bien l'amour. Avec la Série Romance, c'est l'enchantement qui vous attend.

Un monde de rêve, un monde d'amour,
Romance, la série tendre,
six nouveautés par mois.

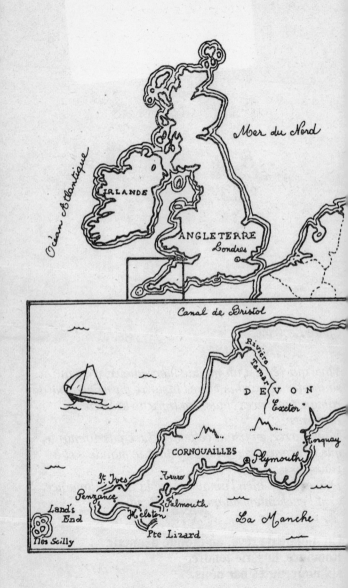

Série Romance

JEAN SAUNDERS

Au soleil d'Ibiza

Les livres que votre cœur attend

Titre original : *Partners in Love* (289)
© 1984, Jean Saunders
Originally published by SILHOUETTE BOOKS
a Simon & Schuster division of Gulf
& Western Corporation, New York

Traduction française de : Frédérique Boos
© 1984, Éditions J'ai Lu
27, rue Cassette, 75006 Paris

Chapitre premier

Bien sûr, la plage ne lui appartenait pas... mais c'était tout comme. Bien caché au cœur d'une crique, à l'abri des touristes qui envahissaient les côtes de Cornouailles, ce petit coin de nature symbolisait son enfance, son refuge, un paradis de sable et d'herbes mêlés. Et par ce tendre après-midi d'automne, Clio venait, comme souvent, y goûter le silence allongée au bord de l'eau...

Soudain des voix étrangères — intruses ! — firent voler en éclat la douce sérénité du lieu. Furieuse, les yeux obstinément fermés, Clio enfonça ses ongles dans le sable. Elle avait bien besoin de compagnie ! Encore un de ces touristes d'humeur joviale, qui s'arrogeait le droit de piétiner sa plage et de la déranger pour parler de la pluie et du beau temps !

Elle représentait une cible tout indiquée pour ce genre de trouble-fête, elle ne le savait que trop... Avec son ravissant visage oval aux yeux incroyablement verts, une chevelure soyeuse d'un blond viking et le hâle doré de sa peau, elle attirait irrésistiblement le regard des hommes.

Evidemment, pour échapper à ceux-ci, rien de plus facile que de ramasser son peignoir et fuir vers la colline toute proche. Plus jeune, plus timide, elle l'aurait fait... Mais pourquoi céder devant les envahisseurs ? Les pas se rapprochaient... Parfait. Ils trouveraient à qui parler.

Les yeux toujours clos derrière ses lunettes, elle attendait... Soudain elle sentit une ombre la recouvrir. Elle entrouvrit légèrement les paupières... juste assez pour apercevoir une imposante silhouette d'homme, debout à ses côtés. Sans pouvoir distinguer son visage — il se tenait à contre-jour — Clio remarqua sa haute taille athlétique au point de lui masquer complètement la lumière... qui pourtant auréolait ses cheveux noirs d'un halo éblouissant.

— Otez-vous de mon soleil, lança sèchement Clio, comme jadis le philosophe Diogène à Alexandre le Grand.

— Désolé...

Aux inflexions de sa voix moqueuse, elle sut immédiatement qu'il n'était pas du pays. Pourtant, son accent ne lui déplaisait pas, pas comme ceux, inaudibles et barbares, originaires du centre de l'Angleterre. Ce qui, pour une fille de Cornouailles comme elle, représentait une contrée hostile peuplée d'indigènes aux mœurs étranges !

— Il fallait mettre une pancarte : « loué à bail à l'année » ! reprit l'étranger. Que ce petit carré de sable vous appartienne ou non, je dois dire que vous le meublez particulièrement bien...

Clio se serait volontiers passée du commentaire : exactement le genre de platitude qu'elle entendait à longueur de journée. Elle foudroya l'intrus d'un regard noir... Il ne bougea toujours pas. La jeune femme sentit monter en elle une vive colère, ce dont il dut se rendre compte car il s'écarta légèrement et, de nouveau, la chaude caresse du soleil vint dorer sa peau.

Malgré son dédain affecté, Clio l'observait attentivement sous ses paupières mi-closes. Il ne ressemblait en rien au touriste en balade. Ni sa veste de tweed ni son pantalon sombre ne correspondaient à l'uniforme du parfait vacancier ! Le visage aux traits rudes offrait un certain charme sans être d'une beauté classique. Un sourire ironique soulignait la malice de l'œil... Quoique, à travers ses verres teintés, Clio n'en distinguât pas la couleur.

Quelle importance, d'ailleurs ? Noir ou bleu, ce regard perçant commençait à l'incommoder ! La jeune femme se releva vivement :

— Dites donc ! Vous dévisagez souvent les gens comme ça ?

— S'ils ont votre silhouette, je ne vois pas pourquoi je m'en priverais...

Apparemment, il en fallait davantage pour le décontenancer ! Son regard s'attarda sur les seins fermes, moulés dans le petit bikini jaune, glissa sur la taille mince, caressa la courbe pleine des hanches, jugeant pour terminer le galbe parfait des longues jambes... Clio ne savait plus où se mettre et le flot de sang qui envahit son visage ne devait rien à la chaleur !

Ce type possédait un tel toupet !... Furieuse, elle jeta son peignoir sur ses épaules.

— Excusez-moi de ne pas m'attarder plus longtemps. Cet endroit perd beaucoup de son charme quand on commence à s'y bousculer !

L'inconnu eut alors une réaction surprenante. Il posa la main sur son bras, comme pour la retenir...

— Je vous en prie, ne vous dérangez pas pour moi. Je suis désolé d'avoir gâché votre bain de soleil. Je ne m'attendais pas à trouver un chat sur cette plage et j'ai été surpris, c'est tout... Faites comme si je n'existais pas.

A travers le léger coton du peignoir, Clio sentit la tiédeur de ses doigts, leur force aussi... Pourquoi s'excusait-il ? Elle ne l'en aurait pas cru capable. De toute façon, s'il comptait rester là, autant rentrer. Elle s'imaginait difficilement reposant parfaitement détendue sous ce regard narquois ! Et puis la soirée s'annonçait déjà suffisamment désagréable sans faire provision de mauvaise humeur.

Elle se dégagea brusquement :

— Je partais.

— Dommage...

Il la regardait bien en face. Elle ôta ses lunettes et ne put réprimer un petit sursaut : les yeux de l'homme étaient d'un bleu si inhabituel ! Et ils ne dissimulaient rien de l'intérêt qu'ils portaient à la jeune femme... Son nez très droit, sa bouche ferme et sensuelle trahissaient un tempérament volontaire. On devinait en lui une détermination, une longue habitude du commandement et de la soumission d'autrui. C'est sans doute pour cela qu'il empiétait si allègrement sur son territoire ! Mais au fait, où donc était passé son compagnon ? Elle avait pourtant bien entendu deux voix...

En se penchant légèrement, elle aperçut le second intrus. Dos tourné à la mer, une paire de jumelles vissée aux sourcils, il s'absorbait dans la contemplation des collines. Le spectacle éblouissant de la mer, aux vagues gonflées par la marée montante, le laissait parfaitement indifférent. Curieux pour un touriste... Clio frissonna, saisie d'un pressentiment. Qui étaient ces gens ? Des voyeurs ? Mais qui cherchaient-ils à espionner, dans ce désert ? A la pensée qu'ils l'observaient tranquillement depuis des heures peut-être, elle rougit violemment. L'homme au sourire insolent la dévisageait toujours, pas gêné le moins du monde... Clio se sentit soudain nue devant lui : s'il l'avait détaillée à la jumelle, il devait connaître chaque détail de son corps aussi intimement qu'un amant ! Elle se leva précipitamment, secouant le sable de ses cheveux. L'homme admira du coin de l'œil la magnifique envolée des mèches blondes...

8

— Je ne sais ni qui vous êtes ni ce que vous venez faire ici. Mais je déteste les espions à jumelles qui se glissent par-derrière et vous surprennent quand on profite tranquillement du soleil ! Quitte à être empoisonnée, je préfère les dragueurs de plage. Avec eux, au moins, on sait à quoi s'en tenir !

Elle enfila ses sandales, regrettant leurs talons plats. L'homme la dépassait d'une bonne tête et elle se sentit ridiculement petite devant lui... Pour compenser son désavantage, elle lui jeta un regard virulent, relevant fièrement le menton.

Une fois encore sa réaction la décontenança. Son défi, loin de l'irriter, amena comme un sourire au coin de ses lèvres... Le masque dur de son visage s'adoucit et elle surprit une étincelle de gaieté dans ses yeux. Ma parole, mais il s'amusait ! Comme une grande personne devant une petite fille trépignant et insolente. Clio n'avait jamais rien ressenti d'aussi exaspérant ! Et elle ne souffrirait pas une seconde de plus son ironie condescendante.

— Si c'est vraiment un dragueur que vous cherchez, je me tiens à votre entière disposition...

— Gardez vos sarcasmes pour vous et fichez-moi la paix !

Elle attrapa son sac de plage, déterminée à rompre cette conversation ridicule. Une brise légère venait de la mer, apportant une odeur de sel. Clio inspira profondément... et perçut une senteur plus verte, insolite, mélange de pin et de vétiver... Son eau de toilette, sans aucun doute. Il se rapprocha et, cette fois, sans sourire.

— Mais personne ne songe à vous en priver, de votre paix ! Si tout le monde se montre aussi hospitalier que vous, en Cornouailles, je regrette déjà le voyage !

— Grand bien vous fasse ! Quant à moi, cela fait un bon moment que je le regrette ! Vous êtes venus étudier sur le terrain les derniers spécimens humains de cette contrée primitive ?

Là-dessus, elle lui tourna le dos et fila vers les collines, gravissant le petit chemin de terre bien plus vite qu'à l'accoutumée. Elle sentait son regard fiché dans son dos... Elle atteignit enfin le sommet, affligée d'un bon point de côté, hors d'haleine, le cœur près d'éclater. Si elle continuait à ce rythme, elle courait à la crise cardiaque ! Crise cardiaque... l'expression lui traversa l'esprit sans qu'elle y réfléchît et un sanglot soudain lui noua la gorge. Elaine Fowler, la charmante vieille dame qui l'employait en était morte. Elle l'avait retrouvée inanimée dans sa chambre, un beau matin... Profondément ébranlée par sa disparition, Clio la pleura comme une amie, une mère, une parente très aimée. L'accident s'était produit six semaines plus tôt. Et la jeune femme se terrait ici depuis sa disparition abritant sa peine en Cornouailles comme un animal blessé dans un refuge sûr et familier...

Devant elle s'étendait la lande sauvage, bruyères et fougères bruissant sous la caresse du vent. L'odeur du trèfle, le murmure des herbes folles qu'agitait la brise avaient toujours apaisé ses tourments, calmé ses humeurs. Mais aujourd'hui, elle ne s'en souciait guère, préoccupée par l'incident de la plage. Comment avait-elle pu réagir si sauvagement à la présence d'un étranger ? Depuis son enfance, son père lui reprochait la brusquerie de ses colères... que peu à peu, aidée de ses conseils, elle parvenait à dominer à présent. A vingt-trois ans, elle se croyait désormais championne toutes catégories de sang-froid. Mais voici que débarquait cet homme et tous ses efforts se trouvaient anéantis en un clin d'œil ! Elle s'était embrasée comme un fagot de brindilles... A sa décharge, le cynisme, la nonchalante insolence de ce type !...

La lande offrait une perspective magnifique sur la mer aux reflets gris argent, sur le sable clair de la plage... et sur les deux intrus, qui se rapprochaient des collines. De l'autre homme, Clio ne distingua pas grand-chose : il lui paraissait plus jeune et infiniment moins intéressant que son ennemi personnel.

Qu'est-ce qu'elle pensait là ! Mais aussi mortifiée qu'elle fût, il lui fallait admettre qu'il l'impressionnait. Cet homme montrait une personnalité si puissante qu'en comparaison son compagnon paraissait pâlichon... S'ils s'étaient rencontrés en d'autres circonstances, elle aurait sûrement cherché à en savoir davantage. Il dégageait cette sensualité brute que les femmes remarquent toujours... Brusquement, de son petit coin de plage, il leva la tête vers elle. Clio frissonna. Malgré la distance, elle aurait juré qu'il devinait ses pensées !

Il fit un petit signe de la main, comme à une amie et Clio eut la nette impression qu'il se moquait d'elle ! Elle se détourna vivement, furieuse de s'être laissée prendre à l'observer. Avec son arrogance, il ne croirait jamais qu'elle regardait simplement la mer !

Elle rentra, traversant la vaste étendue baignée de soleil. L'automne paressait toujours avant d'atteindre la Cornouailles, comme si l'été répugnait à céder la place. Et cette partie du pays, à l'embouchure de la Herford River, était particulièrement abritée. Au contraire du reste de la côte atlantique, balayée par les vents, son petit paradis jouissait d'un climat tempéré et peu capricieux.

Ici, la nature déployait sa beauté sans se ménager. Rien ne gâchait la sérénité du paysage et Clio aurait donné n'importe quoi pour qu'il en fût toujours ainsi... Mais dès son retour, elle pressentit les ennuis : son père lui semblait curieusement surexcité. Ravi de la voir, bien sûr... mais que pouvait-il bien lui cacher ? Elle devinait qu'il tâtait le terrain, la ménageait un peu trop... Comme autrefois, lorsqu'elle réagissait violemment à toute contrariété. Il disait d'elle à l'époque qu'elle était aussi difficile à manier qu'un panier de crabes vivants !

Exaspérée par son manège, Clio avait exigé une explication et ne reçut en retour qu'un regard gêné...

— Voyons, papa, je te connais suffisamment pour voir que ça ne tourne pas rond ! J'espère que tu ne t'inquiètes pas parce que j'ai perdu mon travail... Je trouverai toujours quelque chose, tu sais !

— Je ne m'en fais pas pour cela, Clio. Si tu voulais t'installer définitivement ici et veiller sur mes vieux jours, j'en serais heureux, mais je doute que ce genre de vie te convienne. Tu es bien trop pétulante et dynamique !

— Mais tu n'es pas vieux, mon cher papa, fit-elle affectueusement. Et cesse de me flatter dans le sens du poil ! Je vois très bien que tu cherches à noyer le poisson... Allons, avoue !

James tenta pitoyablement de sourire.

— Je vois que les mois passés au service de Mme Fowler n'ont pas bridé ton impatience... Et j'aurais dû me douter que tu m'extorquerais la vérité !

— Tu n'es pas malade au moins ?

Elle lui jeta un regard inquiet... Mais non, il semblait plus robuste que jamais, malgré ses cheveux grisonnants. Sept ans plus tôt, alors qu'il abordait la cinquantaine, il s'était prématurément retiré des affaires pour se consacrer à la propriété qu'il venait d'hériter à Truro, en Cornouailles. Il s'était alors installé ici, à Breamar Manor, ravissante gentilhommière que Clio connaissait bien pour y avoir passé de nombreuses vacances du vivant de sa tante... Une brève revue de détail rassura la jeune femme : James Breamar était en pleine forme.

— Pas du tout, chérie... De toute façon, je ne pouvais te cacher cela indéfiniment, alors autant m'en débarrasser tout de suite.

Alertée par une sorte de sixième sens, Clio pressentit que l'affaire était d'importance. Mais elle était loin d'imaginer le choc ressenti en l'entendant dévoiler ses projets...

— J'ai décidé de louer une partie de la propriété, Clio. Après tout, ce n'est rien qu'un bout de lande inculte qui ne sert à rien ni personne. Quelques arpents de broussailles exposés au vent, que je n'aurais jamais songé à céder si un promoteur ne s'était présenté. Il m'a fait une offre trop intéressante pour être refusée, quand on imagine que ce terrain aurait pu ne jamais me rapporter un sou ! A vrai dire, je ne croyais pas en signant que le projet prendrait corps un jour...

Clio l'écoutait horrifiée. Il poursuivit, embarrassé, craignant d'affronter son regard...

— Tu comprends, il y avait tant d'autorisations à obtenir que je pensais qu'il n'en viendrait jamais à bout ! Le permis de construire devait être approuvé par la ville et moi-même, sans compter la commission régionale de l'aménagement du territoire... Mais il faut croire que ce type les a tous embobinés, car il a décroché toutes les autorisations en un temps record !

— Tu veux dire que... que tu as loué ma petite plage et les collines autour ! bredouilla Clio, malade d'indignation. Papa, ce n'est pas vrai ! C'est mon refuge ! Tu ne peux pas...

— Calme-toi, chérie ! Je sais que tu l'as toujours considéré comme un lieu inviolable mais, enfin, tu n'es plus une enfant !

Il avait prévu sa réaction et décidé de parler fermement, pour couper court à toute discussion.

— Je sais combien tu aimes cet endroit et qu'il

13

te rappelle les vacances passées avec ta tante mais tu as grandi, tu ne dois plus voir les choses de la même façon. Chérie, c'est une occasion en or ! Ça n'est pas parce que j'ai pris une retraite anticipée que j'ai perdu mes qualités d'homme d'affaires. Quand pareille aubaine se présente, je sais encore la reconnaître ! N'oublie pas que le terrain sera loué, pas vendu. J'aurai mon mot à dire sur l'aménagement et...

— Quel aménagement ?

James soupira. Et ses explications confirmèrent les craintes de sa fille...

— Eh bien, on y construit un complexe de tourisme. Des bungalows indépendants, intégrés au paysage, pratiquement invisibles de loin et respectant l'environnement.

— Papa ! Comment as-tu pu accepter une chose pareille ? Visibles ou pas, ils y seront, non ? Des meutes de vacanciers vont envahir ma plage chaque été, avec leurs saletés de papiers gras et leurs transistors glapissant toute la journée !

— Tu réagis de façon stupide, Clio. Et très égoïste aussi. Si encore tu devais les supporter longtemps... Mais tu sais parfaitement que tu repartiras bientôt, dès que tu auras retrouvé un job. Et si tu apprécies tant le calme de la Cornouailles, pourquoi de braves gens ne pourraient-ils en profiter aussi ?

— Parce que dans ce cas, adieu le calme ! Imagine ces hordes de touristes déferlant sur le pays ! Caravanes et boîtes de bière... Fini, la Cornouailles. Ce sera bientôt aussi bondé que le métro de Londres.

— Si tu prenais au moins la peine de jeter un coup d'œil sur les plans, tu verrais à quoi se réduisent tes hordes déferlantes : six bungalows en tout et pour tout ! D'ailleurs, l'emplacement ne permettrait pas d'en construire davantage.

— Dieu merci !

— De toute façon, ta plage restera intacte. La pente est trop abrupte à cet endroit. L'emplacement se situe sur la droite, face à la baie, sur un terrain constructible. Les bungalows seront espacés de manière à garantir un maximum de tranquillité aux occupants.

— Les détails ne m'intéressent pas ! coupa brutalement Clio.

Elle se montrait odieuse et en avait parfaitement conscience... Son père semblait ravi de participer au projet. Son rôle de propriétaire terrien ne le satisfaisait qu'à moitié, après la vie active menée jusqu'alors. Bien sûr, la réaction de sa fille le heurtait, le décevait. Clio n'en était pas fière, mais c'était plus fort qu'elle. Il lui fallait protester.

En matière d'entêtement James pouvait encore en remontrer à sa fille. Il conclut d'un ton calme et déterminé :

— A ton aise... Mais je te prie de te montrer correcte avec M. Burgess et son géomètre quand ils procéderont aux premières estimations. Je les attends dans quelques semaines et, évidemment, je les ai retenus à dîner. Je leur aurais bien offert de loger ici, mais je m'attendais à une explosion de ta part. Il y a des jours où je me demande quel âge tu as... Enfin, ils passeront la nuit à Helston.

Clio ne répondit rien... Il avait raison, bien sûr. Mais était-ce vraiment si infantile d'aimer à ce point un petit coin de terre, quand il vous rappelait tant de souvenirs ? Une larme furtive lui brûla les paupières. Sachant combien son humeur peinait son père, elle se jeta brusquement dans ses bras, comme la petite fille qu'elle demeurait encore, marmonnant qu'elle essaierait d'être sage pour lui faire plaisir... mais que jamais, au grand jamais, elle ne pourrait souffrir ce Burgess, cet odieux vandale qui détruisait son paradis !

Voilà donc ce qui avait gâché son retour, quelques semaines plus tôt... Et ce soir, elle allait rencontrer le promoteur. La soirée s'annonçait plutôt mal...

La vieille demeure qui se découpait à l'horizon, au bout de la lande, avait abrité des générations de Breamar et c'était là, dans cette solide construction de pierre, que Clio cherchait l'oubli depuis la mort de sa chère vieille amie. Mais après cette longue période de silence et de repli sur soi, la jeune femme sentait monter en elle une sorte d'impatience. Le manoir conservait sa magie, bien sûr, symbolisant le retour au foyer, le cocon familial, les certitudes inébranlables. Mais dans son cœur, la petite crique au sable blond représentait à elle seule tout son passé, ses bouderies et ses rêves d'enfant. Elle en était le Robinson, l'unique souveraine. Mais aujourd'hui, devant cet odieux Burgess, il lui faudrait dire un adieu définitif à son enfance, à sa bien-aimée solitude et accéder au statut d'adulte. Après la mort de Mme Fowler, la parente de la vieille dame habitant l'Australie, Clio se trouva chargée des problèmes de succession. Après d'aussi tristes activités, elle avait ressenti le besoin de souffler un peu. Mais il était grand temps de secouer ses idées noires. Elle ne pouvait décemment rester ici à rêvasser : il fallait trouver du travail, d'autant plus que les loisirs forcés commençaient à lui peser.

Mais pour l'instant, une préoccupation plus urgente la harcelait. L'indésirable promoteur arrivait le soir même... Elle ne put s'empêcher de faire certains rapprochements. Elle se trompait sûrement mais... mais impossible de chasser de son esprit ces deux hommes de la plage qui ne ressemblaient en rien à des touristes. L'arrogante virilité du premier était trop exaspérante pour qu'elle ait seulement songé à lui demander d'expliquer sa présence. Quant à l'autre, il ne cessait d'étudier les collines à la jumelle. Un ornithologue amateur, peut-être ? Ils sont légion, en Grande-Bretagne, qui passent leur temps à observer les oiseaux... Non, à la lumière d'une phrase saisie au vol, l'explication ne tenait pas : « Il fallait mettre une pancarte, *loué à bail à l'année* »... Loué à bail. Ces termes appartenaient à une profession bien particulière, l'immobilier ! Clio s'arrêta net. La tête lui tournait. Bien sûr... L'étranger n'était autre que ce Burgess qui proposait à son père cette association pour le moins douteuse ! Car, pour la jeune fille, son père ne pèserait pas bien lourd dans une affaire de cette envergure. Eh bien ! elle en surveillerait le déroulement de très près. Et si elle découvrait la moindre irrégularité, on verrait ce qu'on verrait ! Clio ne mettait pas en doute la sagacité de son père, remarquable homme d'affaires, mais à l'époque de son activité il exerçait dans un tout autre domaine que l'immobilier. Et elle était prête à parier qu'en matière de transactions l'étranger s'y connaissait suffisamment pour pigeonner son monde et se réserver la plus grosse part du gâteau ! Mais, ce soir, il devrait le défendre son gâteau ! Clio n'entendait pas laisser dépouiller son père sans s'acharner du bec et des ongles contre le prédateur...

Elle détenait déjà un avantage sur le promoteur, connaissant ses intentions alors qu'il ignorait probablement jusqu'à son existence... Le soir venu, elle s'habilla avec le plus grand soin. S'il croyait débarquer chez des provinciaux naïfs et éblouis, il lui faudrait réviser son opinion ! Elle choisit une petite robe de cocktail noire au décolleté profond, qui moulait avantageusement sa silhouette. Ses escarpins à hauts talons, bridés de strass, devaient lui assurer une égalité stratégique en la haussant à la hauteur de l'étranger ! Elle releva ses cheveux en un chignon sophistiqué et choisit pour ses oreilles deux boucles en forme de gouttes d'eau qui accrochaient merveilleusement la lumière... Une touche d'ombre à paupières mordorée et un rien de rouge à lèvres rehaussaient l'éclat de son visage, naturellement parfait et doré par le soleil. Un dernier coup d'œil au miroir... Eblouissante. Tant mieux. Elle lui laisserait croire qu'elle se mettait en frais pour lui : flatté, le promoteur véreux découvrirait son jeu et elle saurait enfin ce que dissimulait cette opération bancale ! On ne lui ferait pas croire que ce brave M. Burgess s'échinait par pure philanthropie, pour offrir aux vacanciers exténués les bienfaits de l'air vif de la mer ! Il y trouvait certainement son compte et, en temps utile, elle se réservait de lui dire ses quatre vérités au bon moment. Pour commencer, il ressentirait un choc en découvrant qui se cachait derrière la jeune fille de la plage...

Clio descendit le grand escalier qui menait au salon. Les bruits d'une conversation animée flottèrent jusqu'à elle. Les invités étaient donc là... Elle hésita une seconde. Et si elle s'était trompée ? Toute sa petite mise en scène ne servirait à rien... La jeune femme refusait de s'avouer le dépit qu'elle en éprouverait. Parmi toutes les bonnes raisons invoquées, ne cherchait-elle pas en réalité à provoquer à nouveau un éclair d'admiration, de désir dans le regard de l'étranger ? *Shocking !* Elle, Clio, s'abaisser à cela ? Si ça n'était pas lui, tant pis. Ou plutôt, tant mieux !

Un rire masculin lui parvint. Ouf ! elle avait vu juste... Quand elle poussa la porte du salon les trois hommes se retournèrent, chacun surpris à sa façon par son apparition. Son père, encore inquiet de ses réactions, paraissait espérer que son élégance imprévue était gage de bonne volonté. Le jeune homme — sans doute le géomètre — semblait changé en statue, frappé de stupeur devant cette créature de rêve ! « L'étranger » lui décocha un regard bref, possessif. Cela ne dura qu'une seconde mais Clio se sentit nue devant lui... Une curieuse lueur de triomphe dansa dans les yeux durs... James fit les présentations : l'homme qui arborait une veste en velours tabac et une chemise blanche se nommait donc Lester Burgess.

Souriant aimablement, elle lui tendit la main. Il la garda un instant dans la sienne, caressant imperceptiblement sa paume et Clio comprit. Il avait toujours su qui elle était...

— Quel plaisir de vous revoir, mademoiselle Breamar !

Elle pâlit de rage, derrière le sourire de convenance... Il donnait l'impression d'avoir percé son jeu, deviné la mise en scène de sa tenue sophistiquée... Son plan se retournait à présent contre elle !

Chapitre deux

— Vous vous êtes déjà rencontrés ?

James Breamar s'étonnait... Un peu sèchement, Clio retira sa main de celle de l'étranger. Elle aurait voulu se frotter la paume pour en effacer la brûlante sensation qu'y laissait la pression de ses doigts.

— Oui, tout à l'heure, à la plage...

Elle parlait d'un ton désinvolte mais ses lèvres tremblaient légèrement... Quelques heures plus tôt, elle aurait encore dit « ma petite plage ». Mais, ce soir, elle comprit que son enfance s'éloignait à jamais. Bien sûr, ce coin de Cornouailles ne lui avait jamais réellement appartenu mais, jusqu'à l'irruption de cet homme, rien ne lui interdisait de prolonger l'illusion.

— J'ai tout de suite deviné que cette ravissante personne était votre fille, monsieur Breamar. Quelqu'un qui prend la peine de traverser la lande pour se cacher dans cette petite crique ne peut être qu'un autochtone. Et comme vous possédez la seule maison à plus d'un kilomètre à la ronde...

En effet, pas besoin d'être Sherlock Holmes pour faire le rapprochement ! Clio coupa d'un ton ferme :

— Mais c'est ce que nous avons toujours désiré, monsieur Burgess. L'isolement...

Leurs regards se heurtèrent une fraction de

20

seconde et, délibérément, la jeune fille lui tourna le dos, jetant son dévolu sur Bill Withers : comment trouvait-il la Cornouailles, aimait-il le climat et mille autres questions qui s'abattirent comme une nuée de sauterelles sur le pauvre géomètre ! Très flatté d'être accaparé par une aussi jolie créature, Bill se lança naïvement dans un éloge enthousiaste :

— Oh ! je dois dire que vous habitez une des plus charmantes régions d'Angleterre et...

— Voyons, Bill !

James l'interrompait en riant.

— Ne commettez pas l'erreur d'assimiler cette région à l'Angleterre, surtout devant des natifs du pays, vous vous feriez écorcher vif ! Pour nous, la Cornouailles s'arrête au fleuve Tamar. Au-delà, c'est l'étranger !

— Je croyais que ce genre de discours relevait du folklore pour touristes, fit Lester.

Du bout des doigts, il effleurait le pied de son verre. Involontairement fascinée, Clio imaginait cette main sur sa gorge, caressant sa peau... Seigneur ! mais quel philtre diabolique son père avait-il donc versé dans son verre pour lui faire perdre la tête ! C'était bien la première fois qu'un étranger la troublait au point de lui faire vivre des scènes d'une intimité physique... Et il fallait que cela tombe précisément sur le responsable de tous ses ennuis !

Déterminée à garder les idées claires, elle reposa son verre sur le guéridon et s'efforça de conserver son sang-froid.

— Si vous demeurez quelque temps parmi nous, monsieur Burgess, vous découvrirez certainement la chose suivante : ce beau pays de Cornouailles n'accepte que ceux qui y vivent depuis plusieurs générations. Il rejette les autres à la mer.

— Appelez-moi Lester, je vous en prie... Pour

en revenir à notre conversation, vous admettrez que, sans le tourisme, la région se mourait. Les statistiques le prouvent : les industries traditionnelles liées à la pêche ont périclité, les gisements d'étain sont épuisés et, d'ailleurs, toutes les mines ferment les unes après les autres. Quant aux fabriques de porcelaine, leur prospérité appartient au passé...

— Vous connaissez votre leçon sur le bout des doigts !

Clio bouillait de l'entendre ainsi dénigrer tout ce qui, depuis la préhistoire ou presque, faisait la grandeur de son pays natal.

— Mais il nous reste nos traditions, toujours vivaces, monsieur Burgess... pardon, Lester ! corrigea-t-elle en le voyant hausser les sourcils. Nous sommes encore des barbares fiers de leur terre et nous n'accueillons pas volontiers les « explorateurs » qui débarquent ici en pays conquis avec l'intention de nous coloniser...

— Vous parlez des promoteurs, sans doute ?

Au silence gêné qui suivit, Clio comprit que leur petite discussion avait un peu dégénéré... Lester avait laissé tomber le masque de l'invité courtois et se révélait combatif, ambitieux. Le ton était monté très vite. Voilà un homme que rien ne devait arrêter s'il désirait quelque chose... et soudain, avec un frisson de plaisir aussitôt regretté, Clio comprit qu'il la voulait, elle ! Cela ne dura qu'une seconde — il avait vivement voilé son regard — mais la sombre lueur qu'elle y surprit révélait un désir brut, presque animal... Plus grave, son corps à elle réagissait en dépit de sa volonté, répondant impulsivement à cet appel primitif ! Ah ! non alors ! S'il existait un homme au monde dont elle refusait de tomber amoureuse, c'était bien de ce bonhomme arrogant !

James se mit à rire. Leur petite escarmouche l'amusait.

— Eh bien! chérie... On dirait que tu as enfin trouvé un partenaire à la hauteur!

Enfin un homme osait tenir tête à sa fille! D'habitude, aux premières passes d'arme un peu acides, ils battaient précipitamment en retraite. James s'était mille fois entendu répéter à Clio que, si elle n'apprenait pas à tenir un peu sa langue, personne ne voudrait d'elle, à moins de tomber sur un dompteur de fauves!

Mme Drew, la gouvernante, annonça le dîner. D'autorité, Lester prit le bras de la jeune femme... Exaspérée par son audace, elle se rappela alors les paroles de son père. Un dompteur! La pression de sa main, son magnétisme, sa chaleur lui tournaient un peu la tête. Voilà un homme assez viril pour satisfaire la femme la plus exigeante... mais comment pouvait-elle imaginer des horreurs pareilles!

Le dîner se déroula agréablement, exceptée une légère anomalie que Clio mit un moment à détecter : Bill Withers et son père bavardaient de leur côté, la laissant pratiquement en tête à tête avec Lester! Il ne manquait d'ailleurs ni d'imagination ni de conversation mais, malheureusement, ses propos recelaient le plus souvent un double sens... Pourtant, Clio devait admettre qu'elle n'avait jamais rencontré d'homme aussi stimulant, aussi vif intellectuellement. A dire vrai, ce n'était pas seulement son beau ramage qui faisait de l'effet mais cela, elle se serait battue plutôt que de se l'avouer.

Il attaqua de front, sans s'embarrasser des banalités qu'on échange le plus souvent entre inconnus :

— Je suppose que votre père vous a tout dit sur notre projet commun, Clio.

Elle le regarda droit dans les yeux, sans cesser de sourire.

— Bien sûr. Mais je n'y ai pas prêté grande

attention. Ce n'est pas la première fois que débarquent ici des promoteurs aux dents longues. Ils croient tout changer en un rien de temps mais s'en retournent généralement chez eux humiliés et vidés de toute illusion.

Une lueur de défi passa dans les yeux bleus de son voisin :

— Et comment vous débarrassez-vous d'eux ? En les effrayant par des histoires de lutins dansant sur la lande les soirs de brume ? Je vous préviens, Clio, je suis plus coriace quand je veux obtenir quelque chose.

Le cœur de la jeune femme bondit...

— Voyez-vous ça...

— Oh, mais oui ! D'ailleurs, bien que je ne sois qu'un bipède des villes, nous sommes un peu cousins : Bristol n'est pas si loin de la Cornouailles.

Voilà pourquoi son accent ne lui était pas étranger...

— Je suis sûre que vous péririez d'ennui à la campagne.

— Erreur ! Je suis rebelle à l'ennui. Tout, absolument tout m'intéresse parce que j'aime aller au fond des choses. Pour moi, chaque nouveau projet mérite qu'on s'y consacre entièrement. C'est la méthode que je pratique et elle me réussit à merveille.

Quel type impossible ! Pendant qu'il parlait, ses yeux glissaient doucement sur le visage de Clio, des tempes à la bouche, de sa bouche à la gorge et de là, ils plongèrent froidement dans son décolleté révélant la naissance d'une poitrine ronde, dorée par le soleil... Il promena effrontément le bout de sa langue sur ses lèvres, sans faire mystère de son désir.

Cette fois, il dépassait vraiment les bornes ! Mais au-delà de son indignation, Clio sentait poindre un autre sentiment... La femme en elle

réagissait violemment et se voir désirée si crû-
ment lui procurait une incomparable ivresse...
inconciliable avec les sentiments inamicaux
qu'elle lui portait ! Lester était l'homme à abattre, celui qui saccageait son domaine protégé !
Pourtant, un désir égal au sien courait dans ses
veines comme du vif-argent...

Mieux valait éviter les sous-entendus et ramener la conversation sur un terrain moins dangereux :

— Vous aviez déjà rencontré mon père ?

— Pas directement. Nous avons échangé quelques lettres et je l'ai souvent eu au bout du fil.

Tiens ! Il acceptait bien facilement la trêve...
Comme s'il devinait son trouble et ne voulait pas
pousser la provocation trop loin pour une première fois. Un peu désorientée, Clio se faisait
l'effet d'être une poupée de chiffon ballottée au
gré des caprices de Burgess. Ce qui la rendait
folle de rage !

— Bill et moi passons la nuit à Helston, reprit
le promoteur. Nous comptons y rester jusqu'à
demain après-midi. Si vous vouliez y faire un
saut avec votre père dans la matinée, nous
pourrions vous montrer les plans du complexe...
Et je me ferais un plaisir de vous avoir à déjeuner. Pourquoi ne pas jeter un coup d'œil ensuite
sur le terrain ? Vous vous rendriez compte sur
place de nos projets d'aménagement qui respec-
tent au maximum la beauté naturelle du site.
Votre petite plage subira très peu d'altération...

Cette façon d'utiliser son expression « petite
plage » ! Insupportable. Elle s'apprêtait à refuser
mais son père avait saisi l'invitation au vol et
s'empressait d'accepter. Finalement, pourquoi
pas ? Autant se rendre compte tout de suite de
quoi il retournait. Ainsi, si certains aspects du
projet leur déplaisaient, son père et elle pour-

raient immédiatement exprimer leurs objections. Elle, en tout cas, ne laisserait rien passer !

Plus l'affaire prenait forme, plus il lui apparaissait que son père se laissait mener en bateau et qu'il lui appartenait, à elle, de veiller au grain. Qu'est-ce qui l'avait poussé à donner son accord ? Pas l'appât du gain, bien évidemment. Il possédait très largement de quoi vivre. Mais après toutes ces années de semi-retraite, la participation à un projet de cette envergure risquait de l'éblouir au point de lui masquer les véritables motivations du promoteur... Le rôle de Clio — peut-être le plus important qu'elle ait jamais eu à remplir — consistait à jouer les Jeanne d'Arc auprès de son père.

Etrange... un seul après-midi suffisait à bouleverser le cours de sa vie ! Elle ne connaissait Lester Burgess que depuis quelques heures à peine et pourtant, que de chemin parcouru ! Le hasard semblait décidé à voir se heurter et se mêler leurs deux vies, comme cela arrive parfois à ceux qu'un grand amour, une profonde amitié ou une haine implacable lie à jamais...

— Je suis sûr qu'en matière de loisirs vous avez votre mot à dire, continuait Lester. A quoi passez-vous votre temps ? En été, je sais : votre bronzage est éloquent...

La vraie question qu'elle lisait dans ses yeux était tout autre. N'eût été la présence de son père, il lui aurait demandé si elle bronzait nue... Sans lui laisser le temps de répondre, il partit d'un rire bref, enchaînant sur le ton de la plaisanterie :

— Et durant l'hiver, je suppose que vous jouez les dames patronnesses, en bonne fille de châtelain : kermesses, visites aux nécessiteux, ventes de charité, etc. Je me trompe ?

James sembla trouver la boutade amusante mais sa fille bondit :

— Désolée de vous décevoir, Lester, mais je ne

26

possède pas l'ombre des qualités que suppose ce portrait flatteur. Jusqu'à ces derniers temps, j'exerçais le métier de secrétaire auprès d'une pianiste réputée, Elaine Fowler. Mais vous n'avez sans doute jamais entendu parler d'elle...

Il paraissait bien trop terre à terre pour se préoccuper de musique.

— C'est bien elle qu'on a trouvée morte dans sa chambre à Londres ?

Eh bien ! au moins, il lisait les journaux... A l'évocation du drame, Clio sentit son assurance vaciller.

— Oui. Quand je ne lézarde pas sur une plage, voyez-vous, j'exerce une profession. Elaine Fowler était une grande dame, qui travaillait beaucoup trop à son âge. Mais elle est morte de la façon qu'elle souhaitait : en pleine activité et adorée de son public...

Elle refoula vaillamment le sanglot qui lui serrait la gorge. Pas question de pleurnicher devant ces requins... Comme elle en voulait à ce Burgess de raviver tant de souvenirs !

— Et vous ? fit-elle d'une voix mordante. A quoi passez-vous vos journées ? Je vous vois installé derrière un grand bureau, épinglant sur une carte les régions que vous vous préparez à dévaster !

Cette fois, ce fut au tour de Bill d'éclater de rire. L'admiration qui illuminait son visage quand il regardait Lester parlait d'elle-même.

— Pour une fois, vous êtes loin du compte, Clio ! Lester est un architecte extraordinaire. Il résoudrait les yeux fermés les problèmes que pose ce complexe de Cornouailles mais ne supporte pas de rester assis à un bureau plus de quelques minutes. Il exige de se rendre compte sur place et de suivre scrupuleusement chaque étape de la réalisation. Il peut parfois se montrer odieux avec ses confrères et employés mais au moins, quand un client s'adresse à la Burgess Expansion, il sait qu'il obtiendra un travail de première qualité.

— Merci pour la publicité, fit Lester un peu sèchement.

James semblait très impressionné :

— Rien de tel que l'éloge spontané d'un collaborateur pour vous éclairer sur un homme ! A présent, si nous passions au salon ? Café et liqueurs nous attendent...

Clio les précéda, un peu gênée d'avoir impulsivement mésestimé les références professionnelles de Lester. Elle le prenait pour un exécuteur de basses œuvres, uniquement chargé de repérer les bons terrains et d'en extorquer les droits à leurs propriétaires. Un peu d'intuition de temps en temps te ferait le plus grand bien, n'est-ce pas, ma vieille ? se dit-elle. Lester débordait d'ambition, ça se voyait au premier coup d'œil. Il n'était pas homme à se satisfaire jamais d'un emploi subalterne. Au contraire, il aimait concevoir les projets et s'en occuper jusqu'au bout. Logique. Pourtant, la première impression de Clio lui trottait toujours en tête : d'une façon ou d'une autre, ce Burgess profitait de l'enthousiasme aveugle de son père... Mais, pour l'instant, mieux valait rengainer ses soupçons. Elle ne voulait pas embarrasser James en abordant le sujet ouvertement.

Ils s'étaient installés confortablement au salon et le jeune Bill monopolisait la conversation, apparemment intarissable sur les qualités professionnelles de Lester ! Clio réprima un sourire en mordant dans un chocolat à la menthe. L'arôme du café emplissait la pièce... Mine de rien, tout en écoutant Bill, elle gardait un œil sur Lester. Qui lui même ne cessait de l'observer... Elle eut soudain l'impression que son père et Bill devenaient transparents, n'alimentant la conversation que pour mieux les isoler, Lester et elle...

Elle s'indigna immédiatement d'une telle idée. Que lui arrivait-il donc depuis tout à l'heure ? Elle croisa le regard bleu limpide de son voisin et ce regard la retint prisonnière aussi sûrement que s'il eût refermé les bras sur elle. Il prenait possession de Clio en conquérant... Fascinée, intriguée par son magnétisme, son insolence, elle se sentait envahie d'une étrange faiblesse. Et curieusement, sans même qu'il parlât, elle devinait ses intentions...

D'instinct elle savait qu'elle affrontait un homme déterminé, capable de tendresse comme de force brute, habile à utiliser la moindre inflexion de voix, le plus léger contact physique pour soumettre sa proie. Un homme qui devait savoir aimer une femme de tant et tant de manières, de la plus délicate à la plus impudique...

Bill s'adressa soudain à elle. Elle détourna les yeux à grand-peine.

— Savez-vous que Lester a aussi son grand homme ? Son héros n'est autre qu'Isambard Kingdom Brunel, le grand ingénieur du siècle dernier, celui qui a construit le pont sur la rivière Tamar, reliant le Devon à la Cornouailles, ainsi que la ligne de chemin de fer entre Londres et l'ouest du pays ! Nous pensons tous que Lester est né un siècle trop tard. Il appartient à la race des grands bâtisseurs ! Il aurait jeté des ponts, creusé des tunnels, dessiné des navires...

— Lève un peu le pied, Bill, l'arrêta Lester en souriant. Je ne suis tout de même pas un homme-orchestre ! Il faut le concours de toute une équipe pour mener un projet à bien. Le grand Brunel lui-même en était persuadé.

— Mais il débordait d'idées nouvelles et c'est

en cela que tu lui ressembles. Les idées... et l'enthousiasme pour les réaliser !

Bigre ! Ce soir, on élevait un monument à la gloire de Lester Burgess !... C'était l'occasion pour Clio d'en apprendre un peu plus sur l'homme. Bien sûr, elle ne le reverrait sans doute jamais. Même s'il surveillait étroitement le déroulement des travaux, comme elle s'en doutait, il y a longtemps qu'elle aurait quitté le manoir et retrouvé un emploi. Car elle avait une sainte horreur de l'oisiveté, quoi qu'en pensât le promoteur. Bien sûr, il lui serait difficile de dénicher un job qui la passionne. Après les heures exaltantes passées en compagnie d'Elaine Fowler, quel ennui d'accepter un poste moins stimulant... Et, dans la région, les offres étaient rares ! Lester ne se trompait malheureusement pas quand il parlait de dépérissement économique...

Ainsi, Lester Burgess allait donc disparaître de sa vie aussi brutalement qu'il y était entré... A cette pensée, elle ressentit un petit serrement de cœur, comme un regret. Mais Clio n'était pas femme à attendre indéfiniment sur la grève le retour du marin ! Pas plus qu'à délirer sur un homme qui devait avoir son content de conquêtes... un homme marié, peut-être ? Son sang ne fit qu'un tour et elle lança, sans réfléchir aux conséquences de ses paroles :

— Et comment votre femme supporte-t-elle vos déplacements sur les sites, Bill ?

Astucieusement, du moins le crut-elle, elle lui posa la question en premier. Puis elle se retourna vers Lester après une légère pause, comme pour s'en enquérir uniquement par politesse :

— Et la vôtre ? Mais peut-être n'êtes-vous pas marié ?

— Pas encore...

Ce qui voulait à peu près tout dire et ne rien dire du tout! Toutefois il consentit à préciser :

— Bill est fiancé à une fille charmante mais, moi, je n'ai trouvé aucune femme-kamikaze disposée à partager ma tumultueuse existence. Si vous voulez poser votre candidature, Clio... Vous êtes libre, non ?

— Effectivement, mais pas abandonnée au point de sauter sur n'importe qui !

Le renard ! Il avait percé ses intentions à jour, une fois de plus... Il eut un petit sourire ironique.

— Pourtant, à vous entendre parler de « sites » et de « déplacements », on pourrait croire que vous êtes déjà de la partie ! En tout cas, vous semblez vous intéresser à la question d'assez près...

Au diable les subtilités ! Clio s'était juré de ne pas dévoiler son jeu mais ce type aurait fait perdre patience à un saint !

— Je ne m'intéresse qu'à une seule et unique chose : aux intérêts de mon père ! Je ne tiens pas à ce qu'on le roule, non plus qu'à voir ma région métamorphosée en camp de vacances sous prétexte qu'un responsable de l'aménagement du territoire s'est laissé embobiner par un promoteur trop habile ! Je m'oppose à ce que ce petit coin de terre devienne un dépotoir pour une histoire de gros sous !

— Clio, enfin !

James semblait extrêmement gêné par la tirade de sa fille, mais Lester, au contraire, affichait un sourire ravi ! On eût dit qu'il appréciait d'autant plus l'affaire qu'elle se corsait... Clio se sentait trahie. En signant les accords, son père vendait son âme au diable... et celle de sa fille en prime.

— Ce n'est rien, monsieur Breamar, fit tranquillement l'homme d'affaires. Les promoteurs ont le cuir dur et affrontent souvent ce genre d'hystérie écologique. Je comprends très bien que votre fille veuille préserver l'aspect originel du pays qu'elle aime. C'est même tout à fait estimable ! Clio, je vous demande une seule chose : réservez votre jugement. Examinez nos plans, venez voir le futur chantier demain avec nous. Je crois pouvoir vous assurer que nous n'avons commis aucune faute de goût. Et le lotissement n'aura rien d'un camp de vacances, croyez-moi, vous vous en rendrez compte. Venez au moins juger sur place avant de condamner...

La douceur excessive de sa voix la mit en fureur. Qu'avait-il besoin de la « materner » comme une gamine rétive ! Elle se moquait de ses mielleux appels à la compréhension, elle ne souhaitait que son départ. Vite. Le plus rapidement possible. Avec son sale projet sous le bras. Et des yeux si bleus...

Mais à moins d'un coup de baguette magique... Clio pressentait que le cours de sa vie était irrémédiablement modifié. Cela avait commencé à la mort d'Elaine Fowler. Après s'être réfugiée ici pour y retrouver la sérénité, la nature combative de la jeune femme ressurgit bien vite, régénérée au sein de la calme demeure familiale. Elle voulait vivre pleinement et, sans s'en rendre compte, peut-être commençait-elle à lancer de nouveaux défis.

C'est le moment que le hasard avait choisi pour lui faire rencontrer le promoteur. Clio ignorait encore quelle place il occuperait dans sa vie, mais une chose semblait certaine : ami ou ennemi, Lester y jouerait un rôle. A dater de ce jour, plus rien ne serait jamais pareil. Car il avait éveillé en elle la femme assoupie. Une femme exigeante qui, désormais, entendait qu'on la comblât...

Chapitre trois

Cette nuit-là, Clio fut longue à trouver le sommeil. Le visage de Lester Burgess apparaissait chaque fois qu'elle fermait les paupières... Jamais encore auparavant elle n'avait rencontré d'homme qui la stimulât aussi violemment ! Le plus simple contact physique la rendait folle d'irritation ; mais en était-ce réellement, de l'irritation, à bien y regarder ? Malgré elle, une nouvelle velle image s'imposa à son imagination : un regard tendre, des bras puissants qui l'étreignaient, une bouche qui se posait sur la sienne, des mains qui la caressaient...

Une soudaine bouffée de chaleur lui monta au visage. Et cette chemise de nuit qui lui collait au corps ! Clio manqua la déchirer mais, une fois nue, il lui fallut se rendre à l'évidence : la moiteur de sa peau n'avait rien à voir avec la température extérieure...

Elle tenta à nouveau de s'endormir. Rien à faire. Tout se bousculait dans sa tête... Autrefois, elle ne comptait plus les chevaliers servants. Ravissante, grande, blonde et racée, elle ne pouvait qu'attirer tous les hommages masculins. Mais personne ne l'avait bouleversée comme ce Lester Burgess pour lequel elle ressentit — sur la plage, déjà — une attirance immédiate, impérieuse, quasiment magnétique. Un véritable choc, un tremblement de terre ! Jamais elle n'avait connu de sensation aussi intense, foudroyante.

Mais était-ce bien de l'attirance cette exaltation suffocante ? Tout bien réfléchi, cela ressemblait plutôt à de l'hypnose, à une sorte de rêve éveillé dont il était le créateur et le metteur en scène. Il émanait de cet homme une aura diabolique... Clio serait peut-être la seule à le tenir à distance mais il fascinait sans doute les neuf dixièmes des femmes qu'il rencontrait !

Le fuir ? Peut-être mais sa présence imaginaire s'accrochait à elle ! Et s'il s'agissait du grand amour ? Pfft... ! quelle idée stupide ! Clio bourra son oreiller de coups de poing, envoyant Lester Burgess à tous les diables. Elle allait fermer les yeux une bonne fois pour toutes et dormir ! Ah, mais ! Par un intense effort de volonté, elle parvint à chasser ce parasite de son esprit...

Le lendemain, elle opta pour une tenue à l'élégance décontractée — pantalon de lin et chemisier de soie blanche — qui conviendrait aussi bien au déjeuner prévu qu'à la visite du futur chantier.

— Prête pour la bagarre ? lança James quand il la vit descendre.

— Comment ça, la bagarre ? Je croyais que tu t'enthousiasmais pour ce grand projet ! Est-ce qu'on commencerait à avoir des doutes, mon petit papa ?

— Pas le moins du monde ! Je me demandais simplement si toutes tes rencontres avec ce Burgess ne risquent pas de finir sur un ring !

La petite ville d'Halston se situait à peu près à une demi-heure de voiture. Comme tous les gens du pays, James emprunta des raccourcis permettant d'éviter les routes encombrées et de profiter un peu du paysage, splendide en cette saison.

L'automne arrivait, accrochant ses teintes fauves aux haies des chemins.

— Je suis désolée pour hier soir, marmonna Clio. Ce type m'a poussée à bout...

— Ça sautait aux yeux ! Essaie de te dominer un peu, chérie. L'offre de Burgess m'intéresse et je le crois honnête. Je n'ai rien d'un gogo, contrairement à ce que tu as aimablement insinué hier ! Fais-moi la grâce de croire qu'il me reste encore un grain de bon sens. Je ne suis peut-être pas toujours dans la course, mais la tête est encore bonne...

— Excuse-moi, papa, tu as raison.

— Alors sois gentille et ne l'étrangle pas dès que tu l'apercevras...

Comme ce projet semblait lui tenir à cœur ! Clio se promit d'éviter ce Burgess dans la mesure du possible. Pas de rencontre, pas d'éclats !... Chaque fois qu'il inspecterait le chantier, elle trouverait miraculeusement une occupation ailleurs.

Réconfortant mais un peu prématuré !... Une occupation, bien sûr, mais laquelle ? Elle n'avait pas même cherché de travail ! Eh bien ! elle allait s'y atteler sans plus tarder, dévorer les petites annonces et répondre à celles qui présentaient quelque intérêt, même si le poste offert se trouvait à l'autre bout de l'Angleterre !

Quand James se gara au parking de l'hôtel, Clio avait retrouvé son calme. Helston... Elle aimait cette petite ville, liée dans son esprit à un souvenir d'enfance, à l'époque où sa mère vivait encore. Chaque année, ses parents l'amenaient ici pour le huit mai, jour de la fête traditionnelle appelé Furry Day : la ville était alors interdite à la circulation et, dans les rues animées, ce n'étaient que représentations de danses folkloriques. Les enfants, couronnés de guirlandes de couleurs vives, suivaient les danseurs, entraînés

35

par des violoneux. Plus tard dans la journée, les adultes se préparaient à leur tour, arborant pour l'occasion leurs plus élégantes tenues de soirée, et défilaient en dansant dans les rues. Une vraie fête! Mais aujourd'hui la magie avait déserté Halston, qui n'était plus qu'une petite ville touristique si bondée que les places de parking se vendaient à prix d'or.

Ils retrouvèrent Lester et Bill — très hommes d'affaires avec leurs attaché-cases — installés dans un des petits salons de l'hôtel. Tout le monde se serra la main et, cette fois, Clio dut presque arracher la sienne à Lester... Le geste pouvait paraître inconvenant, mais elle préférait se blinder contre ses insinuantes avances de la veille! Et pourtant, ses mains la fascinaient... Elle les observa tout à loisir quand il déploya ses plans sur une table basse, tellement plongé dans ses explications qu'il ne songeait plus à elle.

Il avait des doigts longs et fins aux ongles coupés très courts. Des mains de pianiste, aurait dit sa mère... Chaque fois qu'il étendait le bras, Clio voyait ses muscles jouer sous sa peau bronzée. Ne pouvait-il porter des chemises à manches longues comme Bill!

Décidément, il la troublait profondément et cela ne lui plaisait pas, mais alors, pas du tout! Bien sûr, elle haïssait tout ce qu'il représentait, l'exploitation forcenée des plus beaux sites de la région, mais elle n'arrivait pas à le détester, lui. Si elle l'avait trouvé moins séduisant, les choses eussent été considérablement simplifiées... Mais se sentir à ce point esclave de son attirance accentuait sa mauvaise humeur! Elle pointa un doigt accusateur sur un détail du plan, à l'endroit où les falaises plongeaient dans la mer:

— Vous disiez que le complexe serait dissimulé mais, de là, on le verra parfaitement!

Lester la regarda d'un air pensif: quoi qu'il

répondît, elle ferait tout pour le contredire... il le savait bien !

— Je vous l'accorde. Mais il faut quand même se trouver en pleine mer pour apercevoir les bungalows, alors, à part les mouettes... Si j'installais un camp de naturistes, il y aurait sûrement des amateurs pour tenter l'expérience. Comme ça n'est pas le cas, je ne pense pas que nos clients soient dérangés outre mesure. Et puis, prendre des vacances ne signifie pas se couper totalement du monde.

— Pour certains, si !

— Les clients en question ne choisiraient pas la côte de Cornouailles pour s'isoler ! Comme désert, on peut trouver mieux, croyez-moi... Clio, je vous en prie, rassurez-vous : l'aménagement sera très bien étudié. Nous y investirons suffisamment pour qu'il soit luxueux. Et les touristes qui pourront s'offrir une de nos villas devront justifier de revenus confortables.

— Ah ! je vois ! Une réserve de parvenus !

James Breamar intervint doucement :

— Ne crois-tu pas que tu pousses tes objections un peu loin, chérie ? Ces plans me paraissent tout à fait remarquables. Pour ma part, je trouve même que Lester a fait preuve de beaucoup d'astuce et d'élégance pour intégrer ce village à l'environnement.

Sous le ton posé, la volonté restait ferme. Et comme le terrain lui appartenait, ce qu'elle pouvait en penser comptait peu ! Lutter ne servait à rien, mais sa nature rebelle la pressait de défendre ses idées et elle n'abandonnerait pas ! Elle se battait pour une cause juste, la préservation d'un site naturel... de son petit paradis. Puisqu'on la faisait taire, ses regards parleraient pour elle. Comme deux poignards, ils se plantèrent dans ceux de Lester.

— Et voici ce que ça donnera quand tout sera

achevé, fit Bill en sortant de nouveaux croquis, histoire de faire diversion... Nous avons confronté différents projets avant d'adopter celui-là : constructions de plain-pied, toits plats, un peu dans le style méditerranéen. Comme ça, nous pouvons disséminer les villas dans la colline sans abîmer le paysage. D'ailleurs, de petites villas blanches dissimulées dans les arbres, c'est plutôt joli à regarder, non ?

— Quels arbres ? coupa Clio d'un ton tranchant. Il n'y en a pas à cet endroit !

— Il y en aura, affirma tranquillement Lester.

Se prenait-il pour Dieu, subitement, pour modifier à volonté l'aspect général d'un site ? Malheureusement, qu'il y parvînt ou non, Clio arrivait trop tard pour s'y opposer. Tout était décidé, programmé... Et son père qui s'était bien gardé de lui en parler ! Si la mort de Mme Fowler ne l'avait pas ramenée en Cornouailles, elle aurait très bien pu se retrouver devant le fait accompli. Son père lui avait joué un aussi vilain tour que ce Burgess... Décidément, les hommes étaient de fieffés hypocrites !... Pas une femme ne leur arrivait à la cheville.

— La mise en chantier est prévue pour quand ?

— Quinze jours. A la fin de la semaine prochaine, nous installons le gros matériel et les baraquements pour les ouvriers. Je crains que, pendant quelques mois, les travaux ne soient assez bruyants...

— Et ça durera longtemps ?

Si le bruit s'avérait insupportable, peut-être pourrait-elle faire signer une pétition... Mais il n'y avait pas foule dans les parages. Et Lester Burgess dédommagerait sûrement les plus proches riverains. C'était bien dans son style, d'aplanir les obstacles avant même qu'ils se présentent...

— Si l'hiver ne se montre pas trop pluvieux, on

peut espérer terminer à Pâques et ouvrir les réservations pour l'été.

— Dans ce cas, je vais me débrouiller pour trouver rapidement un boulot aux antipodes de ce chantier. A mon avis, papa, tu devrais aller passer l'hiver sur la Côte d'Azur !

— Comme un de ces affreux parvenus dont tu parlais ? répliqua James en souriant. Enfin, chérie ! Au nom de quoi devrais-je m'éloigner ? Ce projet est également le mien ! Comme je percevrais un pourcentage sur les locations, j'ai le droit de veiller au grain. S'il surgit un problème et qu'on ne puisse joindre Lester, il est bon que les ouvriers aient un interlocuteur sur place.

Voici qui était nouveau... Son père lui avait également caché cette histoire de pourcentage ! Burgess et lui étaient donc réellement partenaires, véritablement complices, à cette seule différence : le promoteur détenait les parts les plus importantes de l'affaire... Clio n'aimait pas cela : ce type s'insinuait un peu trop rapidement et facilement dans leur vie...

— Vous parliez d'un poste, Clio ?

Lester attira son regard comme un aimant.

— Je n'aurais pas cru pouvoir vous chasser si facilement d'un endroit que vous aimez tant... Vous ne projetiez donc pas de vous installer ici ?

Ses yeux bleus lançaient un défi à peine dissimulé. Clio sentit un petit frisson lui dévaler tout le corps... Pourquoi la bouleversait-il à ce point ? Elle aurait tout donné pour éviter ça... pour l'éviter lui !

— Vous n'êtes en rien responsable de mon départ. J'agis comme bon me semble et aucun homme ne m'a jamais dicté ma conduite, pas même mon père.

Ce faisant, elle serra affectueusement la main de James. L'acidité de sa remarque ne lui était pas destinée.

— Je préfère travailler avec des femmes, d'ailleurs. Elaine Fowler et moi nous comprenions parfaitement. Elle avait un tel tempérament d'artiste...

— Et vous, un tel talent de ne rien tempérer... glissa Lester, l'air de ne pas y toucher.

James éclata franchement de rire :

— Tu n'auras jamais le dernier mot avec lui, chérie ! Vous vous ressemblez trop pour qu'il t'en laisse le plaisir !

— Nous ne sommes pas promis à de trop fréquentes rencontres, Dieu merci, fit sa fille d'une voix glaciale.

Lester s'étira, croisant nonchalamment les mains derrière la nuque. Il portait un pantalon de velours brun et une chemise crème qui soulignait son torse musclé, sans un gramme superflu. La jeune femme dut bien admettre, tout à fait à contrecœur, qu'il possédait un corps superbe. Toute femme normalement constituée serait trop heureuse de se jeter à son cou... mais pas elle, pas question ! Sachant ce qui se dissimulait derrière ce physique avantageux — un requin qui exploitait les jobards et défigurait l'environnement — pourquoi aurait-elle voulu approfondir leurs rapports ? Le peu qu'elle savait de lui lui suffisait largement !

— J'espérais au contraire que nous nous verrions souvent, Clio...

Elle rougit légèrement. Quel piège recelaient ces innocentes paroles ? Et ce regard ironique ? Mais déjà il se redressait. La pause-séduction était terminée, l'homme d'affaires reprenait le dessus.

— J'ai une offre à vous faire, mademoiselle Breamar. Il se trouve que je suis temporairement privé de secrétaire et qu'il m'en faut une d'urgence. Ces dernières semaines, j'ai fait appel à des intérimaires mais il n'y avait vraiment rien à tirer de ces pauvres filles ! Elles détalaient en sanglotant à la première remarque un peu vive. Je pense que vous avez les nerfs plus solides...

— Sans aucun doute ! Pas un homme ne mérite qu'on se mette dans des états pareils pour lui.

Lester ne releva pas le ton sarcastique de sa réflexion et continua, très professionnel :

— Alors, ça vous tente ?

Raide comme la justice, Clio le foudroya du regard.

— Travailler pour vous ! Vous plaisantez, j'espère ?

— Jamais en affaires. Vous vous en rendrez très vite compte si vous acceptez mon offre. C'est pourquoi à trente-deux ans j'ai déjà réussi alors que la plupart de mes collègues en sont encore à danser d'un pied sur l'autre sans savoir où ni comment diriger leur carrière. Je possède des terrains dans tout le pays. Je pourrais acheter la moitié de votre chère Cornouailles et il me resterait encore de quoi vous inviter à dîner ! Honnêtement, je peux m'offrir tout ce dont j'ai envie... Sans plaisanter...

Ce déballage glacial de ses multiples talents et de sa fortune la laissait sans voix ! Ce petit laïus impudique prouvait à l'évidence que nombre de « cadavres » jonchaient sa route vers l'opulence et la puissance. Et non content d'exhiber ses succès il affichait insolemment son intention de l'acheter, elle aussi... Ahurissant ! Et d'autant plus insultant qu'il lui laissait pressentir d'autres moyens, plus subtils et moins vénaux, pour la conquérir... Clio jeta un coup d'œil du côté de son père. Complètement sourd aux sous-entendus, il béait d'admiration devant ce self-made man plein d'allant. Eh bien ! pour une fois, l'Attila de l'immobilier allait tomber sur un bec !

— Désolée. Ça ne m'intéresse pas.

C'était mal connaître Lester...

— Réfléchissez-y. Je ne vous demande pas de répondre sur-le-champ. J'offre un contrat de six mois, avec clauses très avantageuses. Si nous nous convenons mutuellement au terme de cette période, nous établirons un contrat définitif. Je suis très exigeant, vous ne tarderez pas à vous en apercevoir, mais il y aura des compensations. Ne serait-ce que la possibilité de voir votre père fréquemment quand vous m'accompagnerez sur le chantier. Bristol n'est pas le bout du monde... Pensez à tout cela durant l'après-midi. Si vous vous décidez, Bill et moi restons cette nuit encore à Helston, ainsi nous pourrons repartir tous ensemble demain matin.

Clio en eut le souffle coupé. Croyait-il vraiment qu'elle pouvait prendre en un clin d'œil une décision dont dépendait sa carrière ? D'ordinaire ses amis la considéraient comme une fonceuse ne chipotant pas huit jours durant pour accepter ou non une proposition. Mais là, vraiment, il exagérait ! Et puis ces fameuses compensations lui paraissaient suspectes... S'il pensait la voir se précipiter sur ses malles pour le suivre, il se trompait lourdement, le bonhomme !

Comme si elle avait épuisé le sujet, Clio se tourna vers Bill et son père, n'accordant pas plus d'attention à Lester qu'à un meuble... D'ailleurs l'heure avançait et ils replièrent les dossiers pour aller déjeuner. Pendant le repas, Lester ne fit qu'une allusion à son offre et encore, à James :

— Peut-être pourriez-vous convaincre le ravissant porc-épic qui vous tient lieu de fille que j'ai réellement besoin de son aide, monsieur Breamar. Voulez-vous plaider ma cause ?

Comme s'il avait jamais eu besoin d'avocat pour décrocher ce qu'il voulait, pensa James en souriant...

— Ma fille prend ses décisions elle-même,

comme vous avez pu vous en rendre compte. A mon avis, elle a déjà fait son choix...

Lester leva son verre en direction de la jeune femme, comme pour trinquer à leur future collaboration. Quel entêtement ! Devant son sourire, on eût pu croire qu'il avait emporté le morceau...

Malgré sa rage, Clio ne pouvait pourtant s'empêcher de réfléchir... A bien examiner la proposition, elle présentait quelques avantages : celui d'avoir accès à tous les dossiers, celui de surveiller les étapes de l'aménagement par exemple. Ainsi, Lester n'aurait aucune chance de gruger son père sans qu'elle le sût. Elle mettrait son nez partout et détecterait immédiatement la moindre tentative d'escroquerie ! Au cours de cette petite conférence intérieure, Clio réfuta tout argument plus personnel. N'était-il pas tentant de voir Lester chaque jour ? Allons ! Clio, ma fille, tu divagues, se dit-elle. Tentant ? Encore aurait-il fallu qu'il lui plaise, ce barbare arrogant. Ce qui n'était certes pas le cas...

Après le café, ils partirent vers le site. Juste avant de monter en voiture, le promoteur proposa un échange de passagers.

— Peut-être voudriez-vous venir avec moi, Clio ? Je vous parlerais du projet et si nous devons travailler ensemble...

— Je n'ai pas donné mon accord !

— Bill montera dans la voiture de votre père, conclut-il comme cela allait de soi. Nous nous retrouverons là-bas.

James trouvant, comme toujours, l'idée excellente, elle n'eut d'autre choix que d'accepter ou se rendre ridicule... Comment ce Burgess s'y prenait-il pour la mettre dans des situations inextricables ? Apparemment cela tenait de l'art le plus pur, et il prenait un malin plaisir à s'acharner sur sa victime.

Les premiers kilomètres se déroulèrent dans un pesant silence...

— Pourquoi une telle antipathie à mon égard ? fit soudain Lester d'une voix douce.

— Et pourquoi pas ? Vous vous attendiez à ce que tout le monde cède devant vous, peut-être ? Je n'ai jamais vraiment milité pour la protection de l'environnement mais, à la vue d'un promoteur plus préoccupé de se remplir les poches que de respecter la nature, je sors mon revolver !

— Laissons tomber cet aspect de l'affaire pour le moment, voulez-vous ? Et n'essayez pas de me faire croire que vous comprenez mal ma question. Pourquoi vous débattez-vous contre l'inévitable ? Dès l'instant où je vous ai vue allongée sur le sable, si délicieusement sexy dans votre petit bikini, je me suis dit que la Cornouailles offrait infiniment plus d'intérêt que prévu ! Allons, ma belle Clio, vous n'ignorez sans doute pas l'effet que vous produisez sur les hommes !

— Les hommes oui, mais pas les voyeurs ! répliqua-t-elle d'un ton sec.

Tout en conduisant habilement, Lester lui jetait de fréquents coups d'œil... La jeune femme sentit son cœur s'affoler. Elle avait eu le plus grand tort d'accepter de monter en voiture avec lui ! Mais à moins de sauter en marche... Elle serra les dents, déterminée à garder son calme en dépit de tout. Et pourtant le geste de Lester la prit au dépourvu. Il posa tranquillement la main sur sa cuisse... A travers l'étoffe de lin, elle sentait la chaleur de sa paume. Immédiatement, elle retira sa jambe et lui décocha un regard fulgurant.

— Il est temps que vous appreniez deux ou trois choses sur les femmes, monsieur Burgess ; vous semblez avoir besoin de sérieux cours de rattrapage ! Leçon numéro un : les femmes n'acceptent plus d'être considérées comme de simples objets de plaisir, au même titre qu'un whisky bien tassé ou un repas gastronomique. Leçon numéro deux : autant vous le tenir pour dit, si un jour nous devons travailler ensemble.

— Bien. J'en conclus que vous n'avez pas totalement rejeté ma proposition... Si vous voulez être traitée en égale, je présume que je n'ai pas à prendre des gants en m'adressant à vous ?

Où voulait-il en venir ?

— Non, bien sûr, grommela Clio, un peu inquiète...

La route s'élargissait sous le couvert des arbres, découvrant à leur droite un espace dégagé. Lester braqua brusquement le volant et se rangea sur le bas-côté. Le moteur tournait toujours mais il avait tiré le frein à main.

— Alors je serai parfaitement clair.

Il avait à peine terminé qu'elle se retrouvait dans ses bras, si proche de son visage qu'elle sentit le parfum poivré de son eau de toilette... Plaquée contre sa poitrine, seul le léger tissu de sa chemise les séparait, sans pour autant la protéger de son affolant contact... Un vertige la saisit.

Elle aurait dû se débattre. Le désir qu'elle lisait dans ses yeux assombris aurait dû la révolter ! Elle n'était pas du genre à demeurer passive, alors que se passait-il ?

Elle posa les mains sur son torse puissant pour le repousser mais était-ce réellement son intention ? Lester resserra son étreinte, écrasant les seins de la jeune femme sur sa poitrine musclée. Tendrement, il caressa une mèche de ses cheveux blonds, inclinant lentement son visage vers le sien...

Clio eut l'impression qu'une éternité s'écoulait quand enfin il prit sa bouche. Ce ne fut d'abord qu'une douce pression mais, quand il sentit la réaction passionnée de la jeune femme, ses lèvres se firent plus exigeantes, meurtrissant les siennes, les forçant à s'écarter... Il exprimait une telle volonté de domination qu'elle frissonna. Elle qui n'avait jamais été le jouet érotique d'un homme trouvait un plaisir étrange à s'abandonner... Elle céda à une brusque envie de soumission. Non, pas de soumission : d'acceptation entière et volontaire. De féminité. Elle fit la moitié du chemin vers lui, consciente de son propre désir et vibrant au plus profond de son être...

Le bruit d'une autre voiture la ramena à la réalité. Dieu ! où avait-elle la tête ? Se laisser aller ainsi entre les bras de ce don Juan professionnel ! Lester détacha doucement ses lèvres des siennes...

— N'essayez pas de nier à présent, Clio, murmura-t-il d'une voix un peu rauque. Nous sommes de la même race, vous et moi. Egaux, avec les mêmes besoins, les mêmes envies... Vous me désirez autant que je vous désire...

Elle le repoussa de toutes ses forces, l'œil étincelant de fureur.

— Vous êtes pareil à tous les autres ! Vous croyez qu'il suffit d'un physique un peu avantageux et d'un zeste de charme pour que les femmes se roulent à vos pieds !

— Ce n'est pas exactement ce que j'attendais de vous, fit Lester en souriant. Tant pis. Finalement, ça n'aurait peut-être pas si bien marché que ça, vous et moi. Je ne suis pas sûr de pouvoir affronter une secrétaire au visage d'ange et au caractère de harpie ! Oublions tout cela, voulez-vous ?

Il desserra le frein et remit la voiture sur la route si brusquement que Clio se cogna brutalement contre la portière ! Les larmes lui montèrent aux yeux, tant son épaule la faisait souffrir. Mais elle se serait fait hacher menu plutôt que d'émettre la moindre plainte ! D'ailleurs, elle

était trop préoccupée pour penser à la douleur...
Accepter son offre, c'était relever un défi. Et quel
défi ! Mais cela comportait des risques, il fallait
bien peser le pour et le contre. Au bout de
quelques minutes, elle dut s'avouer que sa décision était prise depuis quelque temps, déjà... Son
baiser avait définitivement scellé le contrat !

Chapitre quatre

Et, le lendemain midi, Clio se retrouva dans la voiture de Lester Burgess, ses valises entre celles du promoteur et celles de Bill dans le coffre arrière... Comment avait-elle pu en arriver là ? Mystère. Mais, quoi qu'il en fût, le mécanisme était en marche... Et par cette belle journée d'automne, elle roulait vers Bristol, le territoire de l'ennemi, pour devenir sa secrétaire...

James — comme d'habitude — avait applaudi au projet. Il admirait Lester Burgess sans réserve et, quand elle lui annonça sa décision, il approuva chaleureusement.

— Lester est-il au courant, chérie ?

Clio étouffa un sourire. Elle ne l'avait pas prévenu, mais Lester savait... Tant il était sûr de sa reddition ! Pour ménager un peu sa fierté, Clio fourbit sa mémoire pour en exhumer le meilleur de ses arguments : veiller aux intérêts de James et fourrer son nez dans les affaires de ce trop brillant prédateur !

Malgré ses réserves, la jeune fille se sentait terriblement stimulée par toute cette aventure. Depuis la fin de ses études, elle n'avait collaboré qu'avec Elaine Fowler et, à la pensée de repartir à zéro, elle ne put réprimer un frisson de plaisir... L'image d'Elaine s'imposa un instant... Clio secoua sa tristesse. Adieu le passé, adieu Elaine. Se lamenter ne servait à rien. Cela pouvait paraître cynique mais, après la mort brutale de son amie, elle n'avait surmonté son chagrin qu'en imposant silence à ses souvenirs. A présent elle allait mieux. Le défi de Lester était le bienvenu !

Regardons les choses en face, se dit-elle : sur le plan du travail, pas d'égalité entre nous. Le patron, c'est lui. Mais, attention, son obéissance se limiterait strictement à ce domaine, elle se chargeait de le lui faire comprendre ! Et le fait de le trouver attirant, voire fascinant, n'interviendrait en rien dans leurs rapports professionnels.

— Je n'aurais jamais cru que ça se déciderait si vite, remarqua James alors qu'elle triait frénétiquement les affaires à emporter. Il va falloir te trouver un appartement à Bristol...

— Tu penses bien que ça n'est pas un problème pour Lester ! Après tout, c'est son rayon... L'appartement de sa dernière secrétaire est vide depuis son départ un peu précipité. Je n'ai qu'à m'y installer. Il fait partie des avantages liés à la fonction...

Clio se garda bien de demander des précisions sur le départ hâtif de cette pauvre fille... Elle préférait ne pas savoir ! En tout cas, si seul un conflit professionnel décourageait si facilement ses secrétaires, la jeune femme, elle, n'entendait pas se laisser impressionner. Au contraire, Lester n'avait qu'à bien se tenir. Elle lui donnerait du fil à retordre !

Chaque tour de roue l'éloignait de son pays natal. Bientôt, ils franchiraient la Tamar River, le fleuve qui sépare le Devon de la Cornouailles, et arriveraient à Bristol. Ils empruntèrent le pont moderne mais, à leur droite, s'élevait toujours l'arachnéenne structure d'acier du vieux pont, construit par Brunel... L'espace d'une seconde, Clio crut y voir un symbole : celui de sa vie passée, qu'elle abandonnait pour un avenir incertain.

— On exorcise les vieux démons ? demanda Lester au bout d'un moment.

Elle n'avait pas prononcé deux mots depuis le départ... Bill somnolait à l'arrière, comme s'il voulait les laisser seuls. Clio haussa les épaules. Pourquoi ne pas avouer franchement le fond de sa pensée ? Après tout, elle n'était pas encore son employée !

— Non... Je me demandais simplement si je ne commets pas la plus belle bêtise de mon existence. Il y a encore trois jours, Bristol représentait pour moi le bout du monde. Je n'y suis jamais allée et, à vrai dire, je ne suis pas sûre de savoir ce que je fais avec vous dans cette voiture...

Elle murmura ces derniers mots, plus pour elle-même que pour lui. A sa grande surprise, Lester posa gentiment la main sur la sienne. Et cette fois, elle n'eut aucune envie de la retirer... Elle trouvait ce geste étrangement réconfortant.

— Je vais vous dire, Clio. Il s'agit d'une mission de sauvetage ! Quand vous aurez vu les piles de courrier en souffrance dans mon bureau, vous comprendrez pourquoi je vous paie si bien ! Et même dans ces conditions, merci d'avoir accepté : il me faut quelqu'un de tout à fait exceptionnel pour mettre un peu d'ordre dans une telle pagaille ! Quoique... Pour être tout à fait honnête... je vous ai proposé ce poste pour des raisons également extra-professionnelles... Vous tenez à les connaître ?

— Je n'en vois pas l'utilité !

Si Lester croyait l'attendrir en la couvrant de compliments, il en serait pour ses frais !

— Tant pis, vous y aurez droit quand même. Vous êtes beaucoup plus décorative que Maggie ou toute autre secrétaire que j'aie jamais pu engager... Vous vous en doutiez, d'ailleurs. Ça doit finir par vous assommer, non, tous ces types qui vous bombardent de compliments ?... Tout bien réfléchi, je ne vais pas me fatiguer longtemps à constater l'évidence.

— Voilà qui nous reposera tous les deux !

Voilà surtout un joli mensonge... Si Clio détestait les « baratineurs », elle se trouvait néanmoins flouée devant ce compliment tronqué ! Cet homme ne pouvait-il montrer un peu de tact, de temps en temps !

— Je vous crois plus intelligente que la plupart des femmes, reprit Lester.

Oui... la plupart... Apparemment il ne la situait pas bien haut, cette intelligence. Celle d'un mammifère supérieur, peut-être ? Mais ce n'était pas le moment d'entamer une discussion sur l'égalité des sexes ni sur celle de leur valeur intellectuelle. Clio musela ses réflexions et fixa obstinément la route...

Le promoteur poursuivait, nullement découragé par son silence :

— Vous vous méfiez de moi depuis le début, n'est-ce pas ? Je parie que vous auriez estimé plus normal que j'achète le terrain, au lieu de le louer ! Pourtant je vous assure que votre père touchera une bonne part des profits... moins importante que la mienne, bien sûr, mais intéressante tout de même. Je n'ai aucune intention de léser qui que ce soit ; mais pour vous faire admettre ça...

C'est vrai il aurait été infiniment plus simple que James lui vendît le terrain une bonne fois. Au moins, elle n'aurait pas à surveiller les moindres démarches de Lester Burgess ! Elle lui lança un regard noir, furieuse qu'il eût deviné si facilement le cours de ses pensées.

— Je ne vois pas en quoi mon opinion vous dérange ! Il vous parait tellement bizarre de vouloir protéger les intérêts de son père ?

— Pas du tout. C'est très louable au contraire. Vous vous en apercevrez vite quand vous me connaîtrez mieux, Clio, je n'ai rien d'un requin en affaires. Mon dada, ma meilleure publicité, c'est l'honnêteté...

Il ne plaisantait plus et la jeune femme, déconcertée, bafouilla un semblant d'excuse... sans être pour autant pleinement convaincue.

— Ne vous excusez pas. Je voulais simplement éclaircir les choses entre nous. Nous allons nous voir très souvent dans les six mois à venir, autant ne pas démarrer à couteaux tirés.

— Pourtant nous défendons chacun des positions très différentes !

— Je croyais que vous étiez passée de mon côté, en acceptant mon offre de travail...

— Allons, Lester, ne jouez pas les naïfs ! Votre manuel d'espionnage vous a sûrement enseigné qu'il est recommandé d'infiltrer les rangs de l'ennemi... J'ai peut-être un visage d'ange mais rappelez-vous que je ne me laisse pas embobiner facilement !

— Ça, je sais ! Je n'ai pas oublié notre première rencontre : un superbe regard d'émeraude m'envoyant au diable avant même de connaître les raisons de ma présence...

— Croyez bien que ça n'aurait rien changé si je les avais connues !

— Il y a quand même quelque chose qui m'intrigue, Clio... Comment un homme aussi raffiné et charmant que James Breamar a-t-il pu engendrer une fille pareille ? Tout sucre et miel à l'extérieur mais, dès qu'on gratte un peu, du roc !

Blessée à vif, Clio ne répondit rien... Du roc ! S'il savait combien elle se sentait vulnérable. Dure, elle qui avait tant pleuré sa chère Elaine Fowler ?... Mieux valait se taire. Si elle avait tenté de s'expliquer, elle n'aurait sans doute pu retenir l'émotion qu'elle refoulait depuis la mort de celle qui lui avait servi de mère. Déjà, les larmes se pressaient au bord de ses paupières...

Il aurait dû comprendre à quel point ce départ précipité la bouleversait : en quelques heures elle quittait son père, son foyer ! Mais la compréhension ne comptait pas au nombre des qualités de Burgess. Ce genre d'homme ne s'intéresse aux femmes qu'au lit, ou au bureau... à condition bien sûr qu'elles soient soumises, silencieuses et éperdues d'adoration ! Clio soupira. Il lui avait clairement montré qu'il la désirait mais physiquement, sans que le cœur y participe. D'ailleurs, connaissait-il seulement le sens du mot amour ?

Au sortir de l'autoroute, Bill se réveilla et ils bavardèrent de tout et de rien, au grand soulagement de la jeune femme.

— Nous allons passer sur un autre chef-d'œuvre construit par Brunel, prévint Lester, le pont suspendu qui enjambe le fleuve Avon. J'ai pensé que ça pourrait vous intéresser. Il est absolument magnifique vu de loin, particulièrement la nuit quand son arche aérienne est tout éclairée. Mais vous aurez l'occasion de l'admirer plus tard...

Clio s'étira. Le voyage commençait à la fatiguer. Ils ne s'étaient arrêtés qu'une fois, pour une tasse de thé vite avalée à une station-service. Lester régla le péage et ils entamèrent la traversée du pont. Au-dessous d'eux, à une profondeur vertigineuse, la rivière se frayait un chemin tortueux dans les gorges de l'Avon. Une fois le pont franchi, Lester prit sur la gauche. Ils arrivaient... De chaque côté de la route, s'élevaient d'élégantes demeures, pour la plupart nichées dans des parcs, ou dominant d'immenses pelouses.

— C'est Bristol ? fit la jeune femme, un peu surprise. Je m'attendais à un enchevêtrement d'immeubles grisâtres et de maisons...

— Nous sommes dans la banlieue résidentielle, à Clifton. C'est là que nous habitons, vous et moi. Bill a laissé sa voiture chez moi. Je le dépose en premier et je vous accompagne à votre appartement. Vous pourrez vous installer tranquillement.

S'installer... ici ! L'estomac brusquement serré, elle réalisa combien tout lui était étranger : la ville, cet appartement inconnu... Personne à qui téléphoner... Pourquoi avait-elle accepté ? Et dès que Bill aurait récupéré sa voiture, elle se retrouverait seule avec ce Burgess ! Et dire qu'elle ne connaissait que lui dans cette horrible ville... Quand il la quitterait, elle serait vraiment abandonnée.

Comme s'il lisait ses pensées, Lester pressa doucement sa main.

— Ne vous inquiétez pas, Clio, je ne vous laisserai pas tomber avant que vous ne soyez un peu acclimatée.

— Merci... Pour l'instant, je me fais l'effet d'un agneau qu'on traîne à l'abattoir...

Où était donc passé l'esprit d'aventure qui la poussait toujours vers de nouvelles expériences ? La lassitude aidant, elle se sentit abandonnée du monde entier. La faute en revenait sûrement à ce long voyage. Elle allait se plonger dans un bon bain chaud et laisser s'évaporer fatigue, anxiété, regrets.

— Y a-t-il le téléphone à l'appartement, Lester ? J'aimerais appeler mon père pour lui dire que je suis bien arrivée.

— Tout est en état de marche, téléphone compris. Maggie dormait comme une marmotte et il fallait l'appeler chaque matin si on voulait la voir au bureau !

Ce genre de remarque lui parut bien intime... D'après l'homme d'affaires, sa secrétaire s'était enfuie avec un marin mais, auparavant, que s'était-il passé entre eux ? Allons, ça ne la regardait pas... Lester Burgess pouvait bien accumuler

54

les conquêtes, du moment qu'il n'ajoutait pas Clio à sa liste !

Le jour où elle aimerait un homme — l'homme de sa vie — elle aurait avec lui une relation rare, privilégiée. Et dans le monde où évoluait Burgess il n'y avait place que pour les affaires... Pas pour elle. Réflexion idiote, se dit-elle à la seconde même où elle y pensait. Pourquoi le considérer comme un... « homme » potentiel ?

Mais elle ne put repousser la douce rêverie qui s'emparait d'elle... Avait-elle jamais rencontré un être tel que lui, capable de l'enflammer au premier regard ? Se souvenait-elle d'un seul baiser aussi chargé d'érotisme et de tendresse ? Jamais aucun homme ne l'avait à ce point bouleversée, envahie. Si c'était ça l'amour, elle s'y refusait ! Trop de souffrances, de combats...

Lester ralentit. Ils approchaient d'une superbe maison entourée d'un terrain boisé, dominée par les collines. Au loin, on apercevait le vieux pont de Brunel, véritable dentelle de fer. C'était donc là qu'habitait Lester...

Bill descendit et sortit son sac du coffre. La jeune femme se sentait mal à l'aise ; ses sentiments pour Lester évoluaient de façon inquiétante. Déjà il occupait toutes ses pensées. Elle détestait toujours ce qu'il représentait, l'univers sans pitié des affaires et de l'argent, mais plus elle le connaissait, plus elle subissait le charme de l'homme. Bien sûr, elle serait morte plutôt que de l'avouer à quiconque !

— Moi qui m'attendais à un bâtiment d'avant-garde...

Il se mit à rire.

— Dites tout de suite que vous ne m'accordez aucun goût ! Vos connaissances en matière de promotion immobilière et d'architecture laissent à désirer. Je me ferai un plaisir de compléter votre éducation !

Bill, ayant déjà repris sa voiture, leur adressa un petit signe d'adieu. Lester démarra derrière lui. L'immeuble de Clio, un ancien hôtel particulier divisé en appartements, se trouvait à deux pas de chez lui.

— Voici vos quartiers ! J'ai réaménagé tout ceci il y a quelques années, en gardant l'appartement du haut pour ma secrétaire. Il jouit d'une très belle vue et, au cas où quatre étages vous feraient peur, il y a même un ascenseur ! Venez, je vais vous montrer ça.

Clio sortit mécaniquement de la voiture. Tout lui paraissait tellement irréel ! Lester, ses bagages à la main, la précéda dans l'entrée. Un petit escalier de pierre donnait accès à un hall spacieux. *Comme un agneau que l'on traîne à l'abattoir...* Elle n'arrivait pas à se débarrasser de ce leitmotiv idiot. Serrée contre Lester dans le petit ascenseur, elle se sentait incapable de dire le moindre mot. Une soudaine distance s'installa entre eux, en dépit de l'intimité factice créée par l'exiguïté. Comment quatre malheureux étages pouvaient-ils paraître aussi longs ! Clio était tendue à craquer... Heureusement il ne se permit pas le moindre geste à ce moment-là : elle n'aurait pas répondu de sa réaction !

Quatrième palier... Lester ouvrit l'appartement et s'effaça pour la laisser entrer. Les pièces étaient claires, meublées avec goût. Du balcon, on apercevait la villa de Lester et le pont suspendu. La nuit, le spectacle serait magnifique.

— Je vous laisse vous installer, fit Lester d'une voix un peu sèche.

Décidément, elle se retrouvait pieds et poings liés, dépendante pour son travail et son hébergement aussi. Cherchait-il à le lui faire comprendre ?

— Je repasse vous prendre à huit heures, nous

dînerons ensemble. Je ne pense pas que vous apprécieriez la solitude pour une première soirée.

Il lui tendit les clés et, avant qu'elle pût répondre, il était parti. Par la fenêtre, elle le vit quitter l'immeuble. Il se retourna et lui adressa un petit signe de la main. Clio sourit et le suivit des yeux jusqu'à la voiture. Il n'allait pourtant pas bien loin mais elle se sentit soudain très seule...

Furieuse de se comporter comme une midinette, elle décida d'examiner l'appartement de plus près, histoire de se changer les idées. L'ensemble, vraiment charmant, comportait un salon, une petite cuisine, une salle de bains et deux chambres. Pas mal pour un appartement de fonction! Pour l'instant, il paraissait seulement un peu froid, comme abandonné mais, dès qu'elle serait vraiment installée, tout reprendrait vie. Il suffisait de quelques livres, de photographies à accrocher au mur... Clio s'agitait comme une guêpe, interdisant à son esprit de divaguer...

Tout d'abord, téléphoner à son père! Elle se sentirait moins désorientée en entendant une voix aimée... En effet, elle se détendit un peu en lui parlant : oui, elle avait fait bon voyage, l'appartement était très agréable et elle le rappellerait demain pour lui raconter son premier contact avec le bureau. Comme James était attendu pour dîner, elle ne s'attarda pas au bout du fil... Et le lien ténu qui la rattachait à son monde familier, ce vieux cordon ombilical, se trouva coupé.

Un bain. Voilà, un bain lui remettrait les idées en place. Elle allait sortir quelques affaires de sa valise et se relaxer, installer ses disques et ses livres... Dans son esprit, les idées jaillissaient désespérément, en vrac, sans queue ni tête. Il fallait meubler l'espace, meubler le temps, ces deux interminables heures à passer seule... Jamais elle n'avait ressenti d'accablement si pesant, de solitude si glacée depuis la mort d'Elaine. Sans travail pour occuper ses pensées, privée de l'affection compatissante de son père, elle se retrouvait égarée, affolée, perdue comme un enfant dans la foule.

Allons, allons, pas de ça, fillette ! se dit-elle, secoue-toi. Elle s'ébroua puis commença à déballer ses affaires de toilette. Elle sortit un ensemble jupe-chemisier pour la soirée.

Dix minutes plus tard, elle se coulait dans un bain parfumé... Peu à peu, la tension se relâcha. Après tout, elle se trouvait à l'aube d'une aventure nouvelle et elle ne se déroberait pas ! Il fallait repousser les fantômes, faire une croix sur son passé douillet ; elle aurait besoin de toutes ses forces, de toutes ses facultés pour affronter Lester Burgess et atteindre son but...

Elle s'habilla, se remaquilla et se surprit même à fredonner ! Elle adorait la blouse qu'elle avait choisie pour le dîner. La soie prune rehaussait son hâle léger et le vert marin de ses yeux. Une fois habillée, elle se sentit mieux. Elle musarda dans l'appartement. Le salon était équipé d'une télévision et d'une platine... Brusquement, elle eut envie de musique. Elle fouilla dans sa collection de trente-trois tours et sélectionna un des succès d'Elaine Fowler, *Plaisir d'Amour*. Les accords du piano emplirent la pièce et Clio se laissa aller, fermant les yeux, bercée par les accents langoureux de la célèbre mélodie... Elle revoyait la vieille dame aux cheveux blancs, très droite, aux longues mains virevoltant sur les touches...

Et, l'instant d'après, elle sanglotait éperdument, le nez enfoui dans les coussins du canapé... Son cœur se libérait comme un barrage qui se rompt d'un chagrin trop lourd à porter, endigué, prisonnier depuis des semaines. Elle semblait incapable de s'arrêter, secouée de spasmes, pleurant toutes les larmes de son corps. Pour une fois, elle exhalait sa peine retenue trop longtemps. Elle avait besoin de l'exprimer physiquement, comme un aveu enfin consenti de sa faiblesse...

Elle n'entendit pas les coups répétés frappés à la porte. Une clé tourna dans la serrure, quelqu'un entra.

Il s'approcha, inquiet... Doucement, il retira le coussin qu'elle serrait contre elle. Elle leva enfin les yeux, et distingua la silhouette brouillée de Lester... Son cœur bondit. Ecarlate de confusion, reniflant encore, les cheveux en désordre, elle restait gauchement assise, ne sachant que dire.

Il l'attira tendrement à lui, refermant les bras sur elle comme pour lui communiquer sa force.

— Pleurez tout votre soûl, mon chou... Je sais combien Elaine vous manque. Ne prétendez donc pas que vous êtes de taille à tout encaisser ! Les femmes ne sont pas faites pour l'insensibilité. Votre Elaine Fowler, qui jouait avec une telle délicatesse, devait être très douce, très affectueuse. Et elle serait heureuse de voir que sa Clio est toujours capable de pleurer malgré son apparence sophistiquée... Laissez-vous aller, chérie...

Jamais musique ne lui avait paru plus sereine que ces paroles... Rassérénée, elle se blottit contre son épaule et, peu à peu, ses larmes s'apaisèrent. Elle se sentait si bien dans ses bras qu'au bout d'un moment elle essaya même de plaisanter :

— Alors, où est le roc dont vous parliez ? Qui est la vraie Clio, le cœur de pierre ou... la fontaine ?

— Je ne sais pas encore...

Le jour baissait et elle ne put lire l'expression de son visage...

— Mais j'ai tout le temps de le découvrir !

Il avait déjà réarmé son arrogance comme un revolver... Un instant, le vieil antagonisme s'interposa entre eux mais Lester le balaya en cherchant sa bouche... Il la serrait contre lui, l'embrassant si tendrement qu'elle perdit pied. Elle sentait couver en elle un feu encore assourdi mais aussi brûlant que le désir qu'elle lisait dans ses yeux. Elle aurait voulu que cet instant durât toujours...

Le disque s'arrêta, les derniers accents de la mélodie s'évanouirent mais c'était son cœur qui chantait à présent. *Plaisir d'Amour...* tous les plaisirs de l'amour... Elle venait de les découvrir dans ses bras.

Chapitre cinq

Doucement, Clio se dégagea... Pendant quelques instants, elle s'était crue au paradis, l'épaule de Lester lui offrant le plus doux des refuges. Mais la fin du disque la ramena à la réalité, gênée, contractée. Elle qui avait déployé tant d'efforts pour paraître froide, efficace, anonyme ; l'image même de la parfaite secrétaire. Impeccable, sans vie privée. Et voici qu'à la première occasion, le personnage qu'elle s'était construit tombait en miettes. Elle eut un petit rire cassé et se détourna pour dissimuler sa rougeur.

— Désolée... Je me contrôle mieux, d'habitude, devant les étrangers.

— Etranger... toujours ces barrières ridicules ! Je croyais que nous avions dépassé ce stade !

Envolée la gentillesse ! Clio retrouvait l'homme qu'elle connaissait et qui, à son habitude, ne mâchait pas ses mots... Finalement, elle préférait ça. Au moins, elle savait comment faire front ! Quand il jouait les consolateurs, elle perdait tous ses moyens... Et d'ailleurs, elle était bien assez grande pour s'occuper d'elle-même !

Son rire sonna clair, cette fois.

— N'essayez pas de profiter de la situation, Lester. Ce moment de faiblesse ne change rien ! Vous savez très bien qui je pleure et pourquoi j'ai accepté ce job.

61

— Ne pouvez-vous oublier le boulot une minute ? Vous n'êtes pas une machine ! D'ailleurs, j'aurais horreur d'en avoir une pour secrétaire... Vous montriez-vous aussi distante avec Elaine Fowler ?

Clio sentit les larmes lui piquer les yeux...

— Vous ne craignez pas les coups bas, à ce que je vois !

— Je me défendais, voilà tout. Vous connaissez le dicton : en amour comme à la guerre, tous les coups sont permis...

— Alors, c'est la guerre ! Parce que l'amour...

Autant couper court à ce genre de discussion ! D'ailleurs, elle mourait de faim et ce retour aux sensations familières la rassura tout à fait !

— Ai-je rêvé ou parliez-vous de m'emmener dîner tout à l'heure ? J'espère que votre technique n'est pas d'affamer vos secrétaires...

Lester la regarda pensivement... A cet instant, les yeux de Clio lui rappelaient la mer de Cornouailles, vert sombre quand le vent souffle en tempête. Alors qu'elle s'attendait à une réplique acerbe, il se pencha et effleura ses lèvres. Cela ne dura qu'un instant, un geste de tendresse pure et délicate qu'elle ne pourrait oublier...

— Eh bien ! allons-y !

— Je vais vous demander une minute. Le temps de réparer les dégâts, je ne peux aller nulle part avec les yeux dans cet état !

— Nous n'allons pas bien loin puisque nous dînons à la maison ; et avant que vous ne preniez votre air puritain, je vous rassure : nous ne serons pas seuls. Ma gouvernante vit chez moi, ainsi que son mari. Elle attend votre venue avec impatience, alors filez vite vous refaire une beauté ! La bonne Mme Somerton ne tirerait pas de conclusions hâtives si nous étions en retard, mais quel dommage de laisser refroidir sa cuisine !

Clio courut à la salle de bains et s'aspergea le visage d'eau froide, furieuse contre elle-même. Devant Lester elle se sentait si naïve... Il possédait cet ascendant des hommes à qui tout réussit et qui suivent implacablement le chemin du succès, sans un regard en arrière. Pourtant, il n'avait rien d'un arriviste. Il était fort, dangereux, tendre, attentif ; bref, unique... et c'est ce qui le rendait si redoutable. Elle se remaquilla mais il restait comme un brouillard dans son regard et un soupçon de rougeur à ses joues. L'air frais lui ferait du bien.

Quand elle réapparut au salon, Lester regardait par la fenêtre. Il ne la vit pas entrer et elle surprit sur son visage une expression très douce... Brusquement, elle eut l'impression de se trouver face à un homme seul, en dépit de sa richesse, de sa réussite... Peut-être lui manquait-il l'essentiel, l'amour, une épaule amie, une compagne qui partagerait sa vie ?

Clio se secoua. Quelle drôle d'idée ! Déjà il se retournait, son éternel sourire moqueur aux lèvres. Elle avait dû rêver...

Il l'inspecta des pieds à la tête et, apparemment satisfait, se dirigea vers la porte :

— Ça ira... Au fait, emportez une veste. Il fait frais à cette heure-ci et j'ai pensé qu'après dîner nous pourrions faire une petite balade dans les collines. Ainsi, vous ferez connaissance avec le pays.

Aussi fatiguée qu'elle fût par le voyage, Clio préférait une promenade à un tête-à-tête prolongé. Lester sourit, comme s'il la devinait. Et s'il était médium, grand bien lui fasse ! Elle se fichait royalement qu'il sût la vérité !

Sa maison était aussi agréable à l'intérieur qu'elle en donnait l'impression du dehors. Le mobilier était confortable, d'un luxe sans ostentation. D'épais tapis, des tableaux, de nombreuses photos contribuaient à créer une atmosphère chaleureuse. Mais, détail touchant, les photos sur les murs ne représentaient que des disparus... Lester lui avoua être seul au monde, sans parents, ni proches... Curieusement, elle ne s'attendait pas à ce style d'intérieur chez un seigneur de l'immobilier...

Au premier regard elle aima Mme Somerton, personne d'une soixantaine d'années, totalement dévouée à Lester et qui ne jurait que par lui. Un bon point, concéda mentalement Clio... M. Somerton s'occupait du jardin et de la maison en l'absence de son patron. Jamais Clio n'aurait imaginé la vie de Lester Burgess sous cet aspect si familier... En réalité, elle en savait si peu sur lui !

— Pourquoi cet air perplexe, Clio ?

Le son de sa voix la ramena sur terre. Ils finissaient leur repas à la lueur des chandelles.

— Oh ! je... je pensais à l'incroyable chance d'avoir une cuisinière comme Mme Somerton ! Quel repas délicieux ! Et cette meringue au chocolat...

— Je veux bien vous croire, coupa Lester, mais n'essayez pas de me persuader que vous rêviez à sa cuisine ! Je suis certain que vos pensées revêtaient un caractère beaucoup plus intime...

Ses yeux bleus, durs, exigeaient la vérité... Clio se sentit vaciller.

— Eh bien ! je songeais à ce qui s'est passé tout à l'heure... Vous devez penser que je suis une petite nature. Et regretter de m'avoir engagée...

Lester l'enveloppa d'un regard tendre qui échappa à la jeune fille, occupée à chercher son mouchoir...

— Cessez de dire des bêtises, Clio. Vous êtes parfaitement normale, pas plus impressionnable que n'importe qui ! J'aimerais savoir ce qui vous autorise à vous croire inaccessible à toute défaillance.

— Que voulez-vous dire ?

— Vous mourez de honte de pleurer un être cher ! Ne pouvez-vous le faire sans vous accuser de toutes les faiblesses ? Rien de plus humain que de montrer de l'émotion en écoutant une musique qui vous rappelle l'être aimé. Le chagrin ne diffère en rien des autres passions humaines, Clio, le temps seul parvient à l'atténuer. Et lorsque l'on a aimé quelqu'un, c'est presque une insulte à sa mémoire que de faire bonne figure pour cacher sa peine...

Lester parlait d'un ton détaché mais elle sentait sa voix vibrer d'une émotion contenue. Un souvenir douloureux, sans doute... Et récent.

— Eh bien ! c'était presque un sermon... Je ne vous aurais pas cru si... sensible.

Il eut un rire sans joie.

— Je vous assure que nous autres hommes d'affaires sommes parfois capables d'éprouver des sentiments ! Que diriez-vous d'une petite balade à présent ? Si vous vous sentez suffisamment en forme...

— Oui, ça ira... et merci pour tout, Lester.

— Je vous en prie ! Je transmettrai à Mme Somerton.

Il savait très bien qu'elle ne faisait pas allusion au repas, mais cette soirée riche d'émotions avait épuisé la jeune femme et sans doute préféra-t-il faire diversion. Il lui tendit sa veste, frôlant son épaule lorsqu'elle l'enfila. Elle sentait son haleine tiède effleurer ses cheveux et crut qu'il allait l'embrasser. Curieusement, cette idée lui parut insupportable et elle s'écarta vivement, les traits crispés.

— J'aimerais mieux ne pas marcher trop longtemps, Lester. Je suis quand même fatiguée et je ne voudrais pas arriver en retard pour mon premier jour de travail.

— D'accord. J'ai moi-même une pile de courrier à trier avant d'aller me coucher. Je ferais mieux d'y jeter un coup d'œil avant de vous le passer car je reçois parfois des lettres d'injures.

— Mais enfin, je suis parfaitement capable de lire quelques insultes sans m'évanouir pour autant ! Je ne suis pas une fleur de serre, tout de même !

— Ah ! je vous retrouve... Rassurez-vous, mon chou, je vous prends pour ce que vous êtes, rien de plus !

Il avait l'air curieusement satisfait de l'avoir mise en colère. Evoquant la scène un peu plus tard, Clio se demanda s'il n'avait pas provoqué son éclat de façon délibérée afin de délivrer la tension qu'elle accumulait depuis deux jours. Etait-il psychologue à ce point ? En tout cas, volontairement ou non, il réussissait à détendre la situation...

La nuit étendait son manteau sombre sur le paysage, feutrant les sons et les contours... Il était tellement agréable de fouler l'herbe grasse des Downs, ces vertes collines du Devon... Tout au fond, dans la vallée, l'Avon déroulait le ruban de ses eaux argentées, offrant un spectacle d'une rare beauté. Les lumières du pont suspendu piquetaient le ciel noir de mille étoiles, ajoutant à la magie de cette nuit... Après une demi-heure de marche, Clio cria grâce et Lester l'escorta jusque chez elle.

— Je vous appellerai à neuf heures un quart demain. Pas la peine de partir plus tôt, nous serions coincés dans les encombrements. Bonne nuit Clio... Dormez bien.

— Bonne nuit...

Déjà sa silhouette sombre se fondait dans l'obscurité. Une fois encore l'image d'un homme solitaire effleura son esprit... La fatigue devait lui jouer des tours : elle voyait de la sensibilité là où n'existait sans doute que de l'intérêt bien compris... Burgess était l'ennemi, l'homme à abattre, l'envahisseur de son territoire privé, celui qui voulait transformer sa Cornouailles en champ de béton. Il lui faudrait s'en souvenir à chaque seconde...

Le lendemain, quand il passa la prendre, Clio l'attendait déjà dans le hall. Il eut un sourire faussement surpris et lui fit compliment de son exactitude : en ce domaine au moins, elle marquait un réel progrès sur la secrétaire précédente !

La matinée s'annonçait superbe et, après une bonne nuit de sommeil, Clio se sentait reposée, prête à affronter son nouveau travail avec un enthousiasme qu'elle n'eût pas imaginé la veille. La pensée de se replonger dans la vie active — même aux côtés de Lester Burgess... — se révélait finalement très vivifiante ! Durant le trajet, elle découvrit la ville basse, celle des affaires, où se mêlaient inextricablement immeubles modernes et maisons anciennes, dans un fouillis de styles hétéroclites. Clio demanda à Lester ce qu'il en pensait de cet enchevêtrement architectural.

— Bristol a subi les bombardements de la guerre... Les nécessités de la reconstruction ont primé sur les considérations esthétiques. Les gens étaient à la rue, il fallait balayer les ruines, bâtir vite... L'urbanisme en a souffert, bien sûr. Le résultat de cette architecture d'urgence est ces groupes d'immeubles impersonnels et gris.

— Ce genre de bâtiment vous déplaît ?

— Bien sûr, oui. Mais puis-je vous rappeler que je n'étais pas né, à l'époque ? D'ailleurs, qui sait, aurais-je mieux fait que les autres, pressé par les circonstances ?...

— Je vous trouve bien modeste, soudain !

Lester haussa les épaules.

— Rien ne sert de se monter la tête, Clio...

Voilà qui sonnait curieusement de la part d'un Lester Burgess ! Elle faillit le lui faire remarquer mais se ravisa. Il se montrait parfois d'une lucidité étonnante... Cet homme qu'elle avait cru d'acier trempé au début de leurs relations, se révélait tout autre qu'elle l'imaginait, efficace, amical, compréhensif... Chacun d'eux jouait-il un rôle, portait-il un masque devant l'autre ?

Clio l'avait pourtant jugé naturel, d'une franchise attendrissante avec Mme Somerton à qui une affection réelle l'unissait. Peut-être se méprenait-elle, peut-être Lester Burgess était-il un homme délicieux sous son armure de cynisme, sous ses allures de grand manitou de l'immobilier... Il serait intéressant de voir son comportement au travail, face à son personnel !

Lester rangea la voiture sur le parking réservé, au bas d'un gigantesque immeuble de verre et de béton. Il coupa le moteur et sourit à sa compagne :

— Cela correspond-il mieux à l'idée que vous vous faites des milliardaires ?

— Pour une fois, oui !

La jeune femme se réjouissait de rencontrer ses futurs collègues. Plus elle se ferait d'amis, moins Lester envahirait ses pensées...

Les bureaux de la Burgess Expansion se trouvaient au quatrième étage. L'ensemble était clair et luxueux. Lester présenta Clio à une jeune dactylo dont la principale fonction était de préparer du thé, quand par hasard la pose de son vernis à ongles lui laissait quelque répit. L'hôtesse de la réception, Maureen, lui fut immédiatement sympathique. Une fois le cérémonial des présentations terminé, Lester jeta un coup d'œil à sa montre, il avait rendez-vous dans quelques minutes à peine...

— Maureen va vous montrer ce qu'il y a à faire. Ce matin, c'est surtout de la correspondance à mettre à jour. J'ai laissé des notes en marge pour les réponses. Vous n'aurez qu'à les préparer et les déposer sur mon bureau, je signerai en rentrant. Si vous rencontrez des difficultés, signalez-les-moi, nous y jetterons un coup d'œil ensemble... Occupez-vous bien d'elle, Maureen, elle est unique !

— Oui, comme toutes les autres, répliqua l'hôtesse d'un air averti.

Lester sourit, leur envoya un petit baiser et fila. L'odeur fraîche de son after-shave flotta encore un instant dans la pièce... Et Clio se sentit perdue. Son départ précipité la déconcertait et la vexait un peu, à vrai dire. Il aurait au moins pu lui faire visiter les locaux... Et la remarque acide de Maureen n'améliora pas son humeur. « Toutes les autres » ! Après tout, sa première impression était sans doute la bonne ! Décidément, quel feu follet que ce Lester : charmant un instant, la seconde d'après arrogant et sexiste !...

Maureen la regardait en souriant et Clio secoua son dépit, craignant qu'on pût le lire sur son visage.

— Heureusement, vous êtes venue à notre secours ! fit cordialement l'hôtesse pour la mettre à l'aise. Maggie a tout laissé dans un tel désordre ! Et il n'y a pas grand-chose à tirer de cette pauvre Sonia... Où Lester est-il allé vous dénicher ?

Clio rougit. La méthode de recrutement de son nouveau patron pouvait paraître un peu particulière...

— Eh bien... Je suis la fille de James Breamar. Vous avez peut-être entendu parler de lui ?

— N'est-ce pas ce propriétaire de Cornouailles, un vague associé de Lester ?

— Oui... Je cherchais du travail quand M. Burgess est venu visiter le site et j'ai accepté le poste qu'il m'offrait.

Clio dissimulait sa gêne derrière un sourire de circonstance... A l'entendre, on devait la prendre pour une riche héritière qui travaillait en attendant un riche héritier ! Mais la réponse de Maureen la tranquillisa : celle-ci prenait tout avec bonne humeur !

— Veinarde... Il est plutôt beau gosse, non ? Ce devait être votre jour de chance quand il a débarqué chez votre père ! Remarquez, vous ne deviez pas avoir attendu notre Lester pour trouver un petit ami, jolie comme vous êtes !

— Mais jamais de la vie ! Ce n'est pas mon petit ami ! Juste mon employeur et rien d'autre !

— Bien sûr, bien sûr... mais on ne sait jamais ! En tout cas, on voit au premier coup d'œil que vous lui plaisez. Depuis que je le connais, je remarque immédiatement quand une fille lui plaît.

Clio se sentait devenir écarlate.

— Et si on se mettait au travail ?

Elle préférait éviter le sujet, d'autant que Maureen confirmait ses pires soupçons... L'ogre Lester devait avoir déjà consommé bon nombre de jeunes et jolies victimes ! Clio Breamar ne serait pas la prochaine ! Il avait déjà envahi « sa » Cornouailles, elle n'allait pas, en plus, le laisser dévaster son cœur !

— Vous prenez du café ou du thé ? demanda Sonia d'une voix traînante.

Clio s'installait à peine à son bureau, derrière une montagne de paperasse. Elle regarda sa montre : dix minutes s'étaient écoulées depuis son arrivée !

— Je... hum... déjà ?

— Je dois faire une course pour M. Burgess, geignit la petite secrétaire. Et puis c'est toujours à cette heure-ci que je fais le café...

Sonia aurait semblé plus à sa place dans une discothèque que dans les très sérieux bureaux de la Burgess Expansion! Clio lui sourit. De toute façon, elle n'occuperait la place que six mois, alors autant bien s'entendre avec tout le monde...

— Très bien. Je prendrai du café, s'il vous plaît. Et... ça me rendrait vraiment service si vous pouviez me montrer le système de classement avant de sortir...

La jeune femme avait su s'y prendre. Flattée d'avoir à montrer ses connaissances, Sonia se fit instantanément plus aimable!

— D'accord, je vais m'arranger...

En milieu de matinée, Clio avait déjà donné un sérieux coup de balai. Ce travail ne demandait qu'un peu de méthode et d'organisation. Elle rencontra quelques clients et Bill Withers passa lui dire un petit bonjour, manifestement ravi de voir le secrétariat en d'aussi bonnes mains! Vers midi, Maureen vint la chercher.

— A moins que vous n'ayez d'autres projets, nous pourrions déjeuner ensemble...

— Volontiers.

Clio fut sensible à cette attention car elle était si absorbée qu'elle aurait pu sauter le repas sans s'en apercevoir! Elles se rendirent chez l'Italien du coin, qui, d'après Maureen, réussissait parfaitement ses pizzas. Une fois la commande passée, elles firent vraiment connaissance.

— Depuis combien de temps travaillez-vous pour Lester? demanda Clio.

— A peu près deux ans, maintenant. Comme patron, rien à dire! Il ne passe pas sa vie à guetter vos erreurs, comme beaucoup que je connais... du moment que le travail avance, bien sûr! A Noël ou pour les anniversaires, il se montre d'une générosité folle. Tout le monde l'adore, évidemment!

Elle eut un petit air rêveur et se reprit en souriant.

— J'ai abandonné tout espoir de romance avec mon cher employeur... Il n'aurait qu'à lever le petit doigt pour que les Miss Univers se roulent à ses pieds, alors moi je ne fais pas le poids !

— Je suppose qu'il ne manque pas de petites amies...

Elle en eut pour son argent :

— Elles se comptent par douzaines, mon chou ! Evidemment, quand on a son allure et son chiffre d'affaires...

Elle s'interrompit, réalisant soudain l'intérêt que Clio portait à ses révélations et reprit gentiment :

— Croyez-moi, je parie qu'avant peu, il sera amoureux fou de vous ! Vous êtes exactement le type de femme qui l'intrigue : beaucoup de classe et le feu qui couve sous la glace ! Et ces yeux verts ! Magnifiques ! Mais ne le laissez pas se jouer de vous, Clio. Son grand principe, c'est que l'amour ne dure que le temps d'un souffle. Celui de la découverte. Alors gare à celle qui voudra la bague au doigt !

Au moins, cette analyse avait le mérite de la clarté... Clio s'efforça de plaisanter :

— Oh ! de nos jours, la bague au doigt...

— Certains s'en fichent, mais pas vous !

Maureen s'avérait d'une redoutable perspicacité !

— Quelque chose me dit qu'avec vous c'est le mariage ou rien. A votre place, je ferais attention... Car les avances de mon cher patron ne mènent pas nécessairement à l'autel !

Les pizzas arrivaient, dispensant Clio de répondre. Heureusement car ces révélations la laissaient sans voix.

Chapitre six

Clio s'adapta rapidement à la routine du bureau. Elle apprenait à connaître Lester, professionnellement s'entend... et ne décelait pas la moindre faille ! Ses affaires paraissaient scrupuleusement honnêtes. Il ne pratiquait pas de devis déloyaux envers ses concurrents et payait toujours à leur juste valeur les terrains qu'il acquérait. Son personnel ne se plaignait pas des salaires... Bref, tout le monde l'estimait, clients, associés, salariés.

Les factures des matériaux de construction passaient entre les mains de Clio. Elle les éplucha minutieusement... Mais... rien. Lester ne cherchait pas le profit facile. De l'achat du terrain à la construction définitive, clefs en main, tout était d'une remarquable qualité. Son nom sur un bâtiment équivalait à la meilleure des garanties.

Une secrétaire quelconque aurait pu s'estimer heureuse de tomber sur un tel patron. Mais pas elle ! Comment oublier ce qu'il voulait faire subir à sa région ! Pas de vacanciers chez elle ! Ce serait non et toujours non ! Entendu, il possédait d'évidentes qualités : un sens des affaires étonnant, le don de se faire aimer de tous... Clio lui reconnaissait tout cela mais, raisonnable ou pas, le ressentiment qu'elle nourrissait à son égard ne s'effaçait pas.

Ce qui étonnait le plus la jeune femme était

l'attitude presque distante de Lester à son égard. Il ne l'assommait pas d'invitations, de compliments, de gestes familiers comme elle s'y serait attendue. A une ou deux reprises seulement il l'avait emmenée dîner en ville, toujours dans les meilleurs restaurants. Parfois, ils terminaient la soirée par une balade sur les Downs. Excepté ces rares occasions, Lester restait très discret.

Clio en ressentait tout à la fois soulagement et dépit. Depuis les avertissements de Maureen, elle se montrait à peine chaleureuse avec lui, s'attendant au grand jeu de la séduction. Mais il ne montra pas la moindre velléité de conquête. Etait-ce pur intérêt ou simple calcul pour dissiper la méfiance de la jeune femme ? Finalement, un jour qu'il l'emmenait visiter un terrain constructible, elle osa aborder le sujet directement :

— Que se passe-t-il, Lester ? Vous semblez bien distant, ces derniers temps... Je suis transparente, ou quoi ?

Elle reprit un ton professionnel pour ajouter :

— J'espère que ça n'est pas mon travail qui n'est pas à la hauteur ?

Ils se trouvaient en pleine campagne, juste sur la crête d'une longue pente qui dominait le chantier. On voyait nettement les fondations et les poutrelles d'acier du futur bâtiment mais, à cette distance, les hommes ressemblaient à des fourmis. Lester arrêta la voiture. Le moteur éteint, Clio mesurait l'intensité du silence... Celui-ci était absolu... ils restaient les seuls êtres vivants au monde. Elle ne percevait que le battement sourd de son cœur...

Lester se tourna vers elle et répondit d'une voix douce, un peu rauque :

— Je n'ai pas à me plaindre de votre travail, Clio. Vous êtes parfaite... sur tous les plans. Je croyais vous l'avoir fait comprendre dès la première minute...

— Alors tout va bien !

Son enjouement sonnait faux... Elle passa sa langue sur ses lèvres sèches. Comme une souris prise au piège, elle réalisa soudain qu'ils étaient éloignés de toute présence humaine et, dans les yeux de Lester, la petite lueur sombre se remit à danser...

Un doigt vint effleurer sa joue, légèrement, la touchant à peine, descendit dans son cou d'une caresse plus insistante. Clio connut un instant de panique... S'il ne cessait pas, elle allait crier ! Incroyable ! Ce contact si léger contenait une charge explosive d'érotisme !

Il la fixait intensément, comme pour la mettre au défi de se détourner ! Pour qu'il sache à quel point il la troublait ? A ce petit jeu-là elle était aussi forte que lui ! Elle planta son regard droit dans le sien et il se mit à rire :

— Vous pouvez toujours jouer les vierges froides, Clio, mais vos yeux vous trahissent ! Ce sont les fenêtres de l'âme, ne l'oubliez pas... Le poète qui a dit ça devait connaître la question ! Lorsqu'une femme ressent un élan sensuel, ses pupilles se dilatent, ne le saviez-vous pas ? Et les vôtres me révèlent clairement tout ce que je voulais savoir...

Avant qu'elle ait pu protester contre une telle impudeur, une telle arrogance, il l'avait attirée contre lui, fourrageant dans la douceur soyeuse de ses cheveux, cherchant avidement sa bouche. Cela faisait si longtemps... Oh... longtemps. Un plaisir inattendu la submergea, annihilant toute velléité de rébellion. Incapable de résister, totalement subjuguée, elle lui rendait ses caresses sans réaliser l'érotisme nu, brut que révélait sa réaction.

Pourtant, très loin en elle, une petite voix lui

chuchotait d'arrêter. Avant qu'il ne soit trop tard ! Lester était l'ennemi... Mais elle restait sourde à toute raison, elle n'obéit qu'au fulgurant désir qu'il éveillait au plus profond d'elle-même. Tout contre sa poitrine, elle entendait battre le cœur du jeune homme, aussi déchaîné que le sien... Elle ne voulait penser à rien, seulement se laisser aller...

— Lester...

Il détacha une seconde ses lèvres des siennes et couvrit sa bouche de petits baisers, légers comme le frôlement d'un papillon.

— Et maintenant, Clio, ne me dites pas que vous ne ressentez rien pour moi... Vous ne pouvez vous mentir à vous-même.

Troublée par ce corps si proche, elle ne savait plus très bien où elle en était : amour, haine, agressivité ? Il reprit ses caresses et, lentement, sa main descendit sur la poitrine de la jeune femme. Sous sa paume, il sentir durcir la pointe de ses seins... Il retint son souffle... Tout le corps de Clio trahissait ce qu'elle refusait d'avouer : Lester était l'homme le plus désirable qu'elle ait jamais rencontré. Et elle le voulait, cet homme, de toutes ses forces.

Lui aussi avait envie d'elle. Physiquement... Mais sans la préférer à aucune des femmes qui s'étaient offertes à lui. Sans amour. Simple réflexe animal devant une très jolie fille... Si elle devait se livrer, Clio voulait que ce soit corps et âme, et elle exigerait le même don de soi de son partenaire. L'union de leurs corps ne la satisferait jamais si l'amour n'y participait pas... Les mises en garde amusées de Maureen lui revinrent en mémoire : « son grand principe, c'est que l'amour ne dure que le temps des premiers soupirs ! »

Elle ne supporterait jamais d'être rejetée !

Subitement écœurée elle le repoussa brutalement.

— La récréation est terminée, jeta-t-elle, priant le ciel qu'il ne découvrît pas ce qu'il lui en coûtait... Fini de jouer! Car tout ceci n'est qu'un jeu pour vous, n'est-ce pas?

Elle vit ses traits se durcir... Le coup avait porté. Un éclair sombre passa dans son regard, il serra les mâchoires, les veines du cou tendues à éclater... Elle crut qu'il allait la gifler et recula nerveusement.

Il la rassura d'une grimace qui se voulait sourire...

— Ne vous inquiétez pas, Clio, je ne vous approcherai plus! Vous parliez de jeu mais c'est le vôtre que je ne comprends pas. Vous aviez envie de moi autant que moi de vous. C'est votre façon de « draguer » que d'allumer un type pour mieux le doucher ensuite?

Lui aussi savait faire mal. Elle ferma les yeux une seconde, le temps de maîtriser un sanglot...

— Je ne vous ai pas « allumé ». J'ai simplement posé une question tout à fait ordinaire, que vous avez d'ailleurs laissée sans réponse. Je ne m'attendais pas à ce que vous m'agressiez comme... comme un satyre!

— Pardonnez-moi...

Le ton était franchement sarcastique.

— ... je croyais que vous n'aimiez pas qu'on vous traite en fragile plante de serre! Puisque nous voici revenus à la case départ, rappelez-moi donc la question?

— Je vous demandais la raison de votre froideur. Ça ne vous ressemblait pas, et cette petite scène vient d'ailleurs de le confirmer! Ou bien est-ce un de vos tortueux guet-apens? La victime se ronge d'angoisse devant votre silence, tremble à l'idée de vous avoir déplu et succombe de bonheur et de reconnaissance dès que vous ouvrez les bras et consentez à parler ?

Il resta un instant silencieux.

— Vous pensez vraiment que j'aurais joué cette comédie ?

Curieusement, il semblait embarrassé... Enfin, chez tout autre homme, Clio aurait appelé cela de l'embarras mais avec Lester, comment savoir ? Il dissimulait trop bien...

— Puisque vous exigez des explications, reprenait Lester, j'ai eu une discussion à votre sujet...

Clio sursauta. Et avec qui ? Pas son père, tout de même ! Il ne se serait pas ligué contre elle avec l'adversaire ! Elle faillit éclater de fureur à cette seule idée mais la suite la rassura.

— Ma chère gouvernante m'a fait la leçon... Elle vous trouve trop « bien » pour tomber entre mes griffes, pour citer son expression. En voyant vos yeux rougis l'autre soir, elle a cru que j'avais poussé un peu loin mes avances... Comme si vous n'étiez pas capable d'envoyer valser tout homme qui s'aventure un peu trop près ! Rien de ce que je lui ai dit n'a pu la convaincre et elle m'a déclaré tout net que j'étais un sale bonhomme d'avoir arraché ce pauvre agnelet à son père pour mieux le séduire... Bref, je me faisais l'effet du grand méchant loup et, pour lui faire plaisir, j'ai promis de garder mes distances... Vous êtes satisfaite ?

Clio savait qu'il respectait infiniment Mme Somerton mais de là à tenir compte de ses remarques et accepter de se faire gronder comme un petit garçon ! Non, elle ne l'en aurait pas cru capable et pourtant... Malgré la façon ironique dont il présentait la chose, on sentait une réelle perplexité percer sous ses propos. Le sermon de sa gouvernante l'avait sans doute fait réfléchir. Séduire la fille de son associé lui paraissait peut-être un brin désinvolte... ou maladroit :

car, après tout, James gardait certainement le droit d'annuler leurs accords.

Remords ou intérêt ? Mieux valait rester dans le doute...

— Merci pour cette confession, Lester. Dorénavant, j'aimerais que nos relations se limitent au strict domaine professionnel.

— Pendant les heures de bureau, absolument d'accord! répliqua Lester en démarrant. Mais après, chacun pour soi !

— Ne pouvez-vous entretenir des rapports normaux avec les gens, sans les agresser, tenter de leur soutirer quelque chose, ou les regarder de haut, comme si le monde vous appartenait ?

La voiture bondit sur la route, trahissant l'agacement du conducteur.

— C'est vous qui voyez tout de travers, Clio ! Qui a-t-il d'anormal à ce qu'un homme désire une jolie femme ? Toute vie humaine se construit sur ce genre de relations et si vous êtes trop rétrograde pour vous en apercevoir, alors tant pis pour vous ! Nous aurions pu vivre une aventure merveilleuse mais si vous refusez ce que je vous propose...

Il laissa la phrase en suspens mais le sens en était clair : une Clio de perdue, dix ravissantes créatures de retrouvées ! Une fois arrivée au chantier, la jeune femme eut toutes les peines du monde à se concentrer sur son travail... Lester et elle... Il avait raison, cela aurait pu être merveilleux. Pourquoi le repousser ?

Au retour, il la raccompagna directement chez elle. Il n'avait pas dit un mot durant tout le trajet et Clio le sentait malheureux. Le silence créait entre eux un vide insupportable, elle lui aurait préféré la plus violente dispute... Elle s'apprêtait à descendre, soulagée de le quitter, quand sa voix la fit sursauter :

— Je pense aller en Cornouailles la semaine

prochaine pour voir où en sont les travaux. Voulez-vous m'accompagner ? Je compte y rester quelques jours. Maureen pourra très bien se débrouiller sans nous pendant ce temps.

Clio l'aurait embrassé ! Mais elle se contenta d'un sourire radieux :

— Oh ! Lester ! Quelle bonne idée ! J'aurais tellement de plaisir à revoir papa, ma plage...

Elle hésita une seconde, puis se décida, prise de scrupules :

— Vous logez à la maison, bien sûr ! Mon père m'en voudrait de ne pas vous l'avoir proposé.

— Puisque vous me le demandez si gentiment, j'accepte !

Lester sourit... Leurs rapports hérissés commençaient à s'apaiser et c'était mieux ainsi. Mieux valait donner l'illusion d'une bonne entente, au moins pendant la durée de leur séjour en Cornouailles, pour éviter à James tout souci inutile. Car, adulte ou pas, clio restait toujours sa petite fille chérie !

— Merci, Lester...

— De quoi ? Ça fait partie de mon travail d'aller inspecter les chantiers ! Ma réputation de promoteur s'y joue !

Clio sourit. Depuis qu'elle le connaissait elle commençait à comprendre qu'il dissimulait toujours ses intentions réelles sous un prétexte quelconque pour prévenir les éventuelles difficultés qui pouvaient surgir entre eux. Il aurait très bien pu se passer de sa présence en Cornouailles mais n'entendait surtout pas qu'elle crût en un cadeau de sa part...

Elle posa un instant la main sur son bras.

— Merci quand même !

Une fois chez elle, elle accusa le contre-coup de sa journée : Lester l'harassait. Il lui fallait sans répit passer du désir à la haine et ce régime l'épuisait à la longue. Elle alluma la radio pour se sentir moins seule... Comment s'y retrouver dans ce fatras de sentiments contradictoires qu'il lui inspirait ? Si cette histoire de complexe touristique ne se dressait pas entre eux, elle aurait vu en lui le chevalier de ses rêves, le Prince Charmant qui, d'un baiser, réveille la Belle au Bois Dormant... A quoi bon divaguer ainsi ? Evoquer des personnages de fiction, incarnations irréelles de l'amour parfait... L'amour n'entrait pas dans le planning de Lester Burgess. Seul comptaient pour lui l'assouvissement des sens, l'adoration extatique de quelque beauté analphabète.

Elle essuya son front moite d'une main tremblante. Lester, amoureux d'elle au point de vouloir l'épouser... Que ferait-elle s'il lui proposait de... ? Insensé ! Quelle folie de même songer à l'évoquer.

— Reprends-toi, idiote ! fit-elle à haute voix. Et n'oublie pas le principal : c'est le terrain de ton père qui l'intéresse ! Toi, tu représentes seulement le butin du vainqueur, le repos du guerrier.

Après un petit dîner réconfortant, elle appela James pour annoncer leur arrivée.

— Merveilleux, chérie ! Dis-moi, tu me sembles en bien meilleure forme ! Tu ne te tues pas au travail au moins ?

— Pas du tout ! Ça m'intéresse beaucoup, d'ailleurs.

Ce n'étaient pas uniquement de bonnes paroles destinées à rassurer son père... Elle appréciait véritablement le travail que lui confiait le promoteur. Le baromètre aurait marqué le beau fixe s'il n'existait entre eux cette tension permanente qui mettait ses sens à rude épreuve...

— Tant mieux ! Quand vous voit-on ?

— Lester n'a pas encore fixé de date. Sûrement la semaine prochaine. Je te rappellerai pour confirmer... Au fait, je l'ai invité chez nous, je pouvais difficilement faire autrement.

— Mais tu as bien fait, chérie ! C'est un garçon sympathique et, après tout, nous sommes associés ! Je suis ravi de vous recevoir tous les deux...

Tous les deux... Son père semblait déjà les considérer comme un vieux couple ! Décidément, tout la ramenait à cette absurde idée de mariage... Brusquement, elle eut besoin d'air. Elle enfila une veste et descendit en courant vers les collines. La nuit était douce, accueillante et les bruits de la ville lui parvenaient, de très loin... Avec un peu d'imagination, elle aurait pu se croire chez elle, foulant la bruyère odorante... Dans cette atmosphère tonique, marcher lui faisait du bien mais une nostalgie poignante l'étreignait. Nostalgie du temps où il lui suffisait d'un séjour en Cornouailles pour effacer tous ses chagrins... La mort d'Elaine Fowler avait tout bouleversé. La vie n'était plus un conte de fées en technicolor dont Elaine eût été la bonne marraine et son père l'enchanteur juste et sage ! Au contraire tout semblait la prévenir contre Lester : Maureen, le sermon de Mme Somerton. Si sa gouvernante dévouée elle-même le considérait comme un casanova revenu de tout, quelle folie de se laisser aller à l'aimer ! Soudain frissonnante, elle rentra...

Chapitre sept

Le mercredi suivant, ils roulaient vers la Cornouailles. Ils y resteraient seulement jusqu'à vendredi, jour auquel Lester devait assister à une réunion importante. Clio n'étant pas obligée d'y assister, elle hésita à prolonger son séjour pour le week-end. Elle pouvait, bien sûr, regagner Bristol en train mais ces tortillards du dimanche se traînaient à une allure désespérante et elle y renonça. D'ailleurs, elle s'habituait à son nouveau cadre de vie. Elle commençait à l'aimer...

James les accueillit à bras ouverts. Mme Drew conduisit Lester à sa chambre, ce qui laissa au père et à la fille quelques instants d'intimité.

— Alors, ça marche ? Ton travail te plaît ?

Clio sourit.

— Tu veux savoir si nous sommes à couteaux tirés ? Eh bien ! non... enfin, pas tout le temps ! Ça m'intéresse vraiment et je dois dire que...

— Que Lester n'a rien d'un escroc, compléta James. Et que ton vieux père n'est pas aussi gâteux que tu le croyais...

— Oh, papa ! Tu avais entièrement raison à ce propos, il est honnête, quant au reste, ça ne change rien ! Ma petite plage ne sera plus jamais la même et le tourisme va réussir à grignoter un petit bout de côte supplémentaire !

La rancœur lui revenait, intacte. Vu de Bristol le projet perdait de sa réalité mais, sur place, il redevenait inacceptable, odieux. Et quand Lester redescendit, il fut accueilli par un regard furieux. C'était sa faute, après tout ! S'il n'avait pas vu en cette côte fière et sauvage une poule aux œufs d'or, le paysage serait toujours intact. Et la vie de Clio beaucoup plus sereine.

Lester s'adressa directement à James mais, devant ses mâchoires crispées, Clio devina qu'il avait perçu son hostilité.

— Le chantier avance bien, n'est-ce pas ?

— Je suis sidéré par la rapidité des travaux ! Vous ne perdez pas de temps, Lester...

En effet, il ne perdait de temps en aucun domaine...

— Il suffit de payer correctement, répondait posément le promoteur, et les ouvriers ont du cœur à l'ouvrage. D'ailleurs, pourquoi lambiner quand le but à atteindre vous tient terriblement à cœur ?

Clio détourna les yeux. Jouait-il vraiment sur les doubles sens ou devenait-elle subitement paranoïaque ?

Sitôt le déjeuner avalé, Lester proposa une visite au chantier.

— Je viens avec vous ! précisa James avec empressement.

Il paraissait vraiment passionné par le projet... Clio se sentit profondément trahie. Pourtant, elle dut reconnaître que son père rajeunissait à vue d'œil : le complexe apportait un regain d'intérêt à sa vie. Il confia aux jeunes gens qu'il s'y rendait chaque jour, pour se donner un peu d'exercice.

— Tant mieux, approuva Lester. Il est bon que les ouvriers voient qu'on s'intéresse à leur travail.

Traduction : il est bon qu'on les surveille ! Clio le regarda d'un air méprisant. Pour une fois, elle tenait une excellente raison de lui en vouloir !

— Envoyez-vous toujours des espions sur le

terrain pour fouetter les esclaves s'ils prennent trente secondes de repos ?

— Clio ! Ce genre de plaisanterie ne s'imposait vraiment pas !

— Ce n'est rien, James...

Au contraire de son père, Lester affichait un sourire amusé qui la hérissa !

— Votre fille et moi échangeons souvent des propos un peu vifs ! En temps normal je n'aurais même pas répondu... Mais sa remarque vous met également en cause et je tiens à nous défendre ! Clio doit comprendre que mes méthodes, au contraire, sont très souples. Je place sur chaque chantier des contremaîtres de première classe et les ouvriers accomplissent tous de l'excellent travail. Mais je crois à la nécessité de les encourager de temps en temps. Et voir que l'un des patrons s'intéresse de si près au projet ne peut que les inciter à donner le meilleur d'eux-mêmes. Je vous remercie donc d'y aller si souvent, James.

Clio enrageait... Après une telle profession de foi, il ne lui restait qu'à se taire ou à passer définitivement pour une petite vipère ! Lester Burgess savait merveilleusement retourner les situations en sa faveur... Elle le détestait. D'autant plus qu'il l'avait convaincue ! Mais ça, il n'en saurait rien ! Plutôt se mordre la langue que l'admettre devant lui ! Pour son père, elle murmura quelques mots d'excuses... Le séjour s'annonçait bien !

Ils enfilèrent bottes et anoraks en prévision de la fraîcheur des fins d'après-midi et du terrain, amolli par la pluie, qui avait une fâcheuse tendance à vous coller aux semelles...

Une brise piquante les accueillit et, quand ils atteignirent les hauteurs qui surplombaient le chantier, ils grelottaient presque. En contrebas, la mer roulait un flot gris fer... Clio s'approcha du bord... et en resta le souffle coupé ! Ce n'était pas le spectacle de l'océan qui la bouleversait ainsi mais l'horrible tableau qui s'offrait à ses yeux...

Dans un vrombissement infernal, de monstrueux bulldozers dépeçaient les collines, leur arrachant d'énormes bouchées de terre qu'ils recrachaient comme de vulgaires déchets. Déjà se dessinait le dégradé des terrasses qui accueilleraient les villas... Privé de la végétation sauvage qui le recouvrait, le terrain était écartelé, remodelé, ensanglanté, mis à nu... Des lieux privilégiés de son enfance, il ne restait qu'une ossature lunaire, peuplée de robots profanateurs uniformément vêtus de jaune, portant le casque de sécurité aux initiales de la Burgess Expansion...

Une activité fébrile agitait le chantier... Clio vacilla. Elle n'aurait jamais dû venir... Lester lui saisit la main, serrant si fort qu'elle ne put se dégager.

— Ne vous laissez pas impressionner, Clio. Vous avez vu les maquettes tout de même, vous savez bien que tout reprendra forme...

— Ah! oui... j'oubliais, fit-elle amèrement. Les arbres! Vous allez faire venir des arbres! C'est écologiquement criminel. Jamais cette lande de bruyères n'a vu pousser un arbre!

James était trop loin pour les entendre. Il descendait et le contremaître venait à sa rencontre, un grand sourire aux lèvres. Tous semblaient trouver ce bouleversement d'apocalypse très naturel... Le monde entier se liguait-il contre elle? Soudain la bouche de Lester fut tout près de son oreille :

— Ne voyez-vous pas que vous gâchez tout le plaisir de votre père, Clio? Ce projet lui a redonné le goût de vivre et je ne crois pas qu'il apprécie vos bouderies perpétuelles!

— Merci, pour vos encouragements! Quand j'aurai besoin d'une douche froide, je saurai où m'adresser!

Le pire, c'est qu'il avait raison... Lester marmonna un juron et la poussa vers le chantier.

— On y va ! Et faites au moins semblant de vous y intéresser. Si j'étais votre père, je vous administrerais une bonne fessée !

— Si vous étiez mon père, je ferais une fugue immédiatement !

— Tiens, j'avais pourtant l'impression que c'était déjà fait. Pardonnez cette erreur d'interprétation, fillette, mais je croyais m'adresser à une adulte... On ne doit plus compter les pauvres types qui ont fait du détournement de mineure sans le savoir, avec vous ! Dites-moi, mon petit, courez-vous toujours vous réfugier dans le giron de papa quand un monsieur vous fait des avances ?

Quel odieux personnage ! Elle l'aurait volontiers giflé mais déjà ils rattrapaient son père : on verrait plus tard... Il lui fallut donner le change, demander des explications au contremaître, poser des questions intelligentes et le tout en grillant intérieurement de rage ! Son père semblait ravi de l'intérêt qu'elle manifestait à l'égard du chantier. Alors pour lui — lui seul — elle se retiendrait de faire scandale...

Au-delà de la simple colère, les critiques de Lester l'avaient blessée. Se conduisait-elle vraiment en fillette gâtée et capricieuse ? Jusqu'à ces derniers temps, elle se considérait comme une jeune femme mûre, plutôt équilibrée... Depuis leur rencontre, elle doutait d'elle-même, de lui, de tout...

Les hommes remontaient au sommet de la colline. Elle suivit sans mot dire, ignorant délibérément les mains qui se tendaient pour l'aider. James se retourna, contemplant ce chaos avec ravissement, aussi fier que s'il avait manié la pioche lui-même...

— Eh bien ! Clio... Tu n'es pas surprise de voir des progrès aussi rapides ?

Dieu merci, ce genre de question ne l'obligeait pas à mentir...

— Epoustouflant... Ça prouve que l'argent peut tout acheter... dans le domaine du travail tout au moins !

Elle savait de quoi elle parlait pour avoir vérifié les feuilles de paie des ouvriers. Lester se montrait très généreux avec les primes. Et il avait sûrement enregistré sa petite réflexion sur le pouvoir de l'argent... Elle, il ne l'achèterait jamais. Jamais ! Dût-il déverser à ses pieds tous les trésors du monde.

— Rentrons, voulez-vous ? reprit James. Je me fatigue vite ces temps-ci et une bonne tasse de thé serait la bienvenue !

— Ne cherche pas à en faire trop, papa... Après tout, ce n'est pas ton problème si les ouvriers relâchent le rythme. D'ailleurs, d'après ce que je viens de voir, cela ne risque pas de se produire !

— Décidément, votre délicieuse enfant persiste à me prendre pour un marchand d'esclaves !

James commençait à se lasser de ce duel larvé :

— Vous n'arrêtez donc jamais de vous disputer, tous les deux ?

Pauvre James... Sous ses dehors bourrus, il avait la fibre sentimentale, comme tous les hommes de Cornouailles. Il s'imaginait sûrement dans le rôle de l'Enchanteur Merlin en offrant à Lester et Clio de se rencontrer. Et il les espérait nageant en pleine idylle ! Quel incorrigible romantique... Comment ne pas l'adorer ? Mais pour une fois, le charme n'agissait pas ! Clio sentit son cœur se serrer... Si Lester n'était pas si... Mais à quoi bon !

Le lendemain, le promoteur lui laissa quartier libre, pour s'entretenir avec le contremaître devant un bon repas qui faciliterait le contact.

Clio ne pouvait s'empêcher d'admirer son sens des rapports humains. Il attendait toujours le meilleur de ses équipes et l'obtenait sans difficulté.

Enfin une journée tranquille avec son père, à parler de tout et de rien... Au passage, elle en profita pour préciser ses projets d'avenir : le contrat qui la liait à Lester était provisoire et elle n'entendait pas le renouveler !

James se mit à rire :

— Mon lapin, soit tu fais un complexe à son égard, soit tu es tombée amoureuse de ton patron !

— Et toi, tu regardes trop de mélos à la télé !

James n'insista pas. Il la connaissait. Il n'en tirerait rien de plus.

— Et que feras-tu une fois en fin de contrat ? Au fait, il se termine quand ?

Clio haussa les épaules.

— Théoriquement dans six mois mais il n'y a pas de date fixe. Je dois rester jusqu'à l'achèvement du lotissement... Enfin, c'est comme ça que je l'entendais à l'origine.

— Oui, tu voulais défendre les intérêts de ta pauvre « poire » de père...

— Oh ! ça suffit, papa ! fit Clio en rougissant. Tu es un vieux renard qui pourrait en remontrer à n'importe qui, moi comprise...

— Surtout à toi, mon lapin... Malgré ma myopie et mes gros sabots, j'ai l'impression d'y voir plus clair que toi dans certain domaine... dont tu évites trop soigneusement de parler pour qu'il n'y ait pas anguille sous roche !

— Changeons de sujet, veux-tu ? Je vois Lester chaque jour, aussi ne parlons pas de lui quand je suis en vacances ! Tu sais, l'opinion que j'en ai reste la même... Son faux village d'opérette ne s'intégrera jamais au paysage, il est beaucoup trop moderne, en rupture totale avec toutes les traditions de Cornouailles ! Tu verras, le temps me donnera raison.

James s'inclina et ils bavardèrent à bâtons rompus... S'il remarqua les fréquents coups d'œil qu'elle jetait à la pendule, il s'abstint de tout commentaire ! Intérieurement, Clio bouillait car elle ne pouvait s'empêcher d'imaginer tous les faits et gestes de Lester, une minute après l'autre ! A la fin de l'après-midi, elle était tendue à hurler et laissa son père pour aller prendre un bain.

Tout en batifolant distraitement dans la mousse, elle réfléchissait à son avenir. Que ferait-elle à la fin de son contrat ? Pas la moindre idée... Elle s'était jetée sur cet emploi comme on part en croisade. Et pour quel résultat ? Néant. Les résidences poussaient comme des champignons. Quelle stupidité de s'imaginer pouvoir y changer quelque chose ! Quand ce serait terminé, il lui faudrait rompre brutalement avec Lester...

Elle se secoua. Mieux valait penser à autre chose, sinon elle en arriverait vite à se torturer... Elle se sécha dans une grande serviette éponge et s'enveloppa d'un peignoir pour se relaxer un peu avant le dîner. Il lui fallait faire le vide avant de retrouver Lester et reprendre leur petite guerre en dentelle... Elle s'allongea et se laissa glisser dans le sommeil...

Une heure plus tard, remise à neuf, ses griffes taillées et sa langue acérée, elle choisissait sa tenue pour le dîner. Elle décida pour une robe pêche qu'aimait tout particulièrement son père et sortit de son écrin un collier d'émeraudes qui lui venait de sa mère et s'accordait merveilleusement à la couleur de ses yeux. Bien que d'un style un peu désuet à son goût, elle le portait souvent, James aimant le lui voir au cou. Car il était bien évident, n'est-ce pas, que c'était à lui qu'elle voulait plaire... Sûrement pas à Lester.

Pourtant, quand elle remarqua le regard admiratif de celui-ci, elle ne put réprimer un petit frisson de plaisir... Il vint l'accueillir au bas des escaliers et lui tendit la main, refermant sur elle une étreinte possessive.

— Vous êtes très belle ce soir... comme toujours.

Il portait lui aussi une tenue plus habillée, costume bleu sombre, chemise blanche et cravate. Il se rappelait donc que James aimait se changer pour dîner. Cette attention toucha la jeune fille.

— Merci Lester...

Ses cheveux noirs encore humides de la douche bouclaient au creux de sa nuque, dégageant un léger parfum boisé et sensuel. Un peu grisée, Clio ajouta :

— Ne pourrions-nous faire semblant d'être amis, juste pour ce soir ?

— Pour plus longtemps, j'espère... et peut-être plus que de simples amis...

Elle fit celle qui n'entendait pas. Ce dîner devait se dérouler sans heurt, et elle désirait éviter tout souci à son père pour leur dernière soirée.

— Clio, ma chérie, tu es ravissante !

James l'embrassa et Lester lâcha sa main. Pour donner un peu d'enjouement à la conversation, elle déclara mourir de faim. L'air de la Cornouailles lui donnait un appétit d'ogresse ! Son père sourit.

— Bien sûr, tu n'y es plus habituée, chérie. Tu as vécu longtemps à Londres et maintenant à Bristol... Sans t'en apercevoir, tu es devenue un petit animal des villes !

— Voyons, papa ! Il n'y a qu'en Cornouailles où je me sente réellement chez moi ! J'y ai toutes mes racines...

— Mais ton cœur, est-il toujours ici ?

— Evidemment !

Du coin de l'œil, elle surprit un demi-sourire narquois sur les lèvres de Lester...

Pendant le dîner, elle repensa aux paroles de son père. Bien sûr, elle adorait sa Cornouailles mais le seul air du pays aurait-il suffi à la tirer de son engourdissement, après la mort d'Elaine Fowler ? Pour être juste, c'était plutôt la présence de Lester qui l'avait stimulée. En s'opposant à lui, elle retrouvait le goût de se battre, celui de vivre en défendant sa région, sa passion. Peut-être lui devrait-elle sa guérison...

Comme s'il lisait ses pensées, Lester intervint.

— Je ne peux en vouloir à Clio de s'être opposée au projet. Les écologistes ont un fameux champion en elle !

— Il est un peu tard pour vous soucier d'écologie !

Zut ! Cela lui avait échappé... Elle qui espérait tant une soirée pacifique ! Tant pis ! Elle foudroya Lester du regard.

— Le projet était déjà bien avancé quand vous avez débarqué, répliqua-t-il avec un calme étudié, pour bien montrer qu'il ne voulait pas envenimer les choses.

— Et d'un coup de laser magique, vous comptez remodeler le paysage originel ? Quant à la végétation, vous allez la repiquer brin par brin peut-être ?

— Pas exactement, non !

Son rire clair fusa dans la pièce. Manifestement, il refusait les hostilités !

— Il faudrait que vous puissiez voir des projets déjà terminés, afin de vous persuader qu'ils s'intègrent parfaitement au paysage. Je sais très bien ce que je fais malgré l'apparence chaotique du chantier. Je vous assure que je ne joue pas à l'apprenti sorcier...

— Je ne vois pas où vous voulez en venir.

— C'est très simple : venez visiter un de mes villages avant de me faire fusiller dans la cour de votre manoir.

— Je ne peux que m'incliner... C'est vous le patron. Si vous voulez m'emmener visiter une de vos cités-dortoirs, allons-y...

Elle aurait donné n'importe quoi pour répondre gentiment, mais sa nature indomptable avait repris le dessus, avant même qu'elle s'en rendît compte ! Elle jeta un coup d'œil navré à son père mais celui-ci semblait plutôt s'amuser de leur petite querelle, pas mécontent que sa fille eût affaire à forte partie. Lester se contenta de sourire, sans même relever le terme peu flatteur de « cité-dortoir ».

— Puisque vous acceptez, nous partirons au début de la semaine prochaine, dès que j'aurai réglé les affaires urgentes qui m'attendent à Bristol.

— Très bien, fit Clio du ton professionnel et distant de la secrétaire modèle. Puis-je savoir où se trouve cette cité des merveilles ?

— Non. Je ne veux pas que vous vous fassiez d'idées préconçues. Nous y passerons un jour ou deux, le temps de découvrir ce que vous ressentiriez, en tant que touriste.

Elle allait protester mais Lester conclut d'un ton péremptoire :

— Emportez votre passeport et des vêtements légers, sans oublier ce délicieux petit bikini que vous portiez la première fois que je vous ai vue.

Chapitre huit

James applaudit à la proposition. Du moment qu'elle venait de Lester ! Beaucoup moins emballée, Clio cherchait à lui faire avouer leur destination. Mais elle eut beau faire, le jeune homme resta évasif...

Il régla le problème comme s'il s'agissait d'une de ses opérations immobilières, en deux temps et trois mouvements ! La jeune femme préféra ne pas trop s'interroger sur ses motivations véritables... Tenterait-il de la séduire à nouveau ? Elle se sentait de taille à se défendre. Finalement, pourquoi ne pas y aller ? Devant les cubes de béton de Lester, elle trouverait sûrement la preuve de sa cupidité et de son manque de goût. Cet homme aurait vendu son âme pour un morceau de terrain !

Le lundi suivant, il lui téléphona dans la matinée et, quelques instants plus tard, il embarquait sa petite valise dans le coffre arrière. Devant leurs bagages la petite sonnette d'alarme de Clio tinta, tinta... Mais il était trop tard pour reculer... D'ailleurs, elle en avait vu d'autres et Lester se mordrait les doigts, si ce voyage n'était que prétexte à la séduire !

— L'avion appartient à quelle compagnie ?

Lester sourit à sa petite ruse. Si elle cherchait par là à deviner leur destination, elle en serait pour ses frais ! Il répondit simplement :

— Nous partons de Lulsgate. Si vous souffrez du mal de l'air, j'ai pensé aux pilules...

— Je ne souffre de rien du tout, si ce n'est d'être manipulée comme un objet ! Vos airs mystérieux commencent à me faire grincer des dents ! Vous ne comptez pas m'enlever, tout de même ?

Il éclata de rire, d'un rire de gorge chaud et profond qui la troubla un peu.

— L'idée est séduisante mais, rassurez-vous, je n'irai pas vous vendre sur un marché aux esclaves. Votre père pourrait bien vous regretter un jour et je ne veux pas compromettre mes bonnes relations avec lui !

Oh, le mufle !

— Combien de temps serons-nous absents ? Pas trop, j'espère.

Elle tenait à lui faire savoir que la perspective de ce tête-à-tête ne la réjouissait pas outre mesure... Le coup porta et le sourire de Lester s'effaça comme par enchantement !

— Ne vous inquiétez pas. Nous ne passerons qu'une nuit là-bas. Vous serez de retour à temps pour ne pas rater votre feuilleton favori à la télé ! Je me suis magistralement trompé quand je vous ai vue pour la première fois, Clio... Je croyais découvrir une fille dynamique, pleine d'imagination, et je me retrouve avec une bobonne qui préfère se recroqueviller devant sa télévision plutôt que s'appuyer sur l'épaule d'un homme !

— Je préfère les hommes du petit écran. Dès qu'on est fatiguée d'eux, il suffit d'un bouton à tourner pour les calmer radicalement !

— Il existe d'autres moyens de calmer un homme, mon chou...

Le sous-entendu la fit rougir jusqu'à la racine des cheveux et elle ne desserra plus les dents de tout le trajet...

— Donnez-moi votre passeport, fit Lester en

garant la voiture devant l'aéroport. Je liquiderai plus vite les formalités...

Il tenait décidément à garder le secret jusqu'au bout ! Quel jeu stupide... De toute façon, quand elle verrait de quelle compagnie provenaient les billets, le secret serait bien vite éventé.

L'aéroport fourmillait de voyageurs. Difficilement, elle suivit des yeux sa haute silhouette. Sans s'arrêter, il dépassa à grandes enjambées les comptoirs d'accueil des grandes compagnies aériennes... Clio ne comprenait plus. Quand il revint, au lieu de la diriger vers la salle d'embarquement, il l'emmena directement sur une piste où attendait un petit appareil privé, un bi-réacteur.

Le cœur de la jeune femme manqua un battement... Chaque fois qu'elle prenait l'avion, elle empruntait de confortables gros jets où l'on s'apercevait à peine qu'on quittait terre ! La bouche sèche, elle entendit l'employé annoncer que le plein était fait et qu'ils pouvaient décoller...

Elle croyait rêver ! Mais il fallait jouer les blasées, trouver tout cela très naturel... et, surtout, ne pas lui laisser deviner sa nervosité !

— Surprise ? fit Lester en l'aidant à embarquer.

Elle eut un haussement d'épaules nonchalant, assez bien imité pour quelqu'un qui tenait à peine sur ses jambes !

— Rien ne me surprend venant de vous, Lester...

— Vraiment ? Dommage... Il va falloir que je me surpasse désormais ; je ne voudrais pour rien au monde que nos rapports deviennent ennuyeux !

D'une main peu assurée, elle boucla sa ceinture de sécurité.

— Ils ne sont pas ennuyeux, ils sont inexistants...

— Ne jouez pas les idiots ! fit Lester en s'installant devant le tableau de bord. Que ces rapports vous conviennent ou non, c'est une autre histoire, mais vous ne pouvez nier l'espèce de réaction chimique qui se produit quand nous sommes en présence l'un de l'autre, non ?

— La même que lorsqu'on essaie de mélanger l'huile à l'eau...

— Objection, votre Honneur ! S'il est dans la nature de l'huile de trouver l'eau repoussante, il n'y a rien de tel dans la mienne à votre égard, je vous l'assure !

Parlait-il sincèrement ou cédait-il seulement à l'attrait du bon mot ? Le départ tomba à pic pour la distraire de cette embarrassante question... Lester donna plan de vol et check-list à la tour de contrôle et reçut l'autorisation de décoller. Le moteur vrombit, Clio enfonça ses ongles dans la paume de sa main ; ils roulèrent un instant sur la piste et, soudain, ce fut l'envol... Elle avala péniblement sa salive : son estomac avait dû rester collé au sol ! Dieu merci, tout s'était passé trop vite pour qu'elle eût le temps de penser à la fragilité du petit engin !

Lester eut un sourire ironique.

— La sensation d'écrasement disparaîtra quand nous aurons atteint notre vitesse de croisière. Vous auriez dû prendre cette pilule, Clio...

— Je n'ai besoin de rien, merci ! Combien de temps allons-nous confier nos vies à ce jouet ?

— Deux heures, pas plus...

Ce qui ne la renseignait toujours pas sur leur destination !

— Calmez-vous, jeune Clio... Et n'essayez pas de me faire croire que tout va bien, vous êtes vert pomme ! Ce jouet, comme vous dites, je l'ai utilisé des centaines de fois. Il offre beaucoup plus de sécurité qu'une automobile ! Alors profi-tez tranquillement du calme et du paysage.

Il pilotait de main de maître et une telle assurance dissipa un peu son anxiété. Elle regarda au-dessous d'elle : on eût dit une véritable carte géographique. L'Angleterre puis la France dessinèrent leurs contours sous ses yeux. Et le but de leur voyage l'intriguait tant qu'elle en oublia d'avoir peur ! Enfin ils survolèrent l'Espagne, cernée d'une mer limpide et, quelques instants plus tard, une île, tache brun-rouge sur le bleu transparent des eaux...

Clio retenait son souffle. L'avion se posa et, sur le terminal de l'aéroport, elle découvrit enfin la clé de l'énigme :

— Ibiza !

— Y êtes-vous déjà venue ? Votre père pensait que non.

James faisait donc partie du complot ! Oh, le traître ! Décidément, elle ne pouvait compter sur aucun homme... Mais l'enthousiasme la submergea en un clin d'œil, balayant cette petite trahison. L'île semblait si belle !

— C'est la première fois, Lester. Mais j'ai toujours eu envie d'y passer des vacances. Il paraît que l'île est très préservée, très proche de l'état naturel.

— En effet. Tirez-en les conclusions qui s'imposent quand à « ma réserve pour parvenus ». Croyez-vous qu'on m'aurait accordé les permis de construire si j'avais risqué d'abîmer ce paradis ? Rappelez-vous bien que, d'ici trois mois, le hideux chantier de Cornouailles ressemblera à ce que vous allez découvrir. Alors pas de jugement hâtif. Et convenons d'une trêve.

— D'accord...

Elle pouvait difficilement refuser, encore sous l'effet de l'éblouissement !

Le soleil les accueillit à leur descente d'avion et

Clio eut brusquement envie de danser de joie ! Après tout, maintenant qu'elle participait à cette folie autant en profiter ! Elle gratifia Lester du sourire le plus sincère qu'elle lui ait adressé depuis des mois !

— Merci de m'avoir emmenée...

— Tout le plaisir est pour moi ! Si vous voulez rester plus longtemps, ça peut s'arranger...

Il lui caressait doucement le bras... Clio comprit qu'elle n'aurait qu'un mot à dire pour que le voyage d'affaires se transforme en voyage de noces... sans maire et sans témoin !

— Je crois que vous vous lasserez vite, Lester, car je n'ai pas l'intention de vous accorder quoi que ce soit. Si vous formiez de noirs desseins pour me séduire, oubliez-les !

Ses yeux verts lançaient des éclairs... Il se recula, feignant l'effroi :

— Je ne voudrais pas me frotter à vos épines pour tout l'or du monde, mon joli porc-épic ! D'autant que la compagnie féminine grouille littéralement à Ibiza...

Il jeta cela d'un ton détaché, comme si la froideur de Clio lui importait peu...

Une voiture de location les attendait. Devant le sourire entendu des agents de la compagnie, Clio comprit qu'elle n'était pas la première à descendre de son jet privé... Ainsi, il leur faisait à toutes le « coup » du week-end de rêve à Ibiza ! Avec don Juan lui-même en prime ! Mais Clio, elle, saurait se différencier des autres. Elle venait en observatrice, uniquement !

Son compagnon quitta l'aéroport, prenant la route qui menait à la ville :

— Le village de vacances n'est pas très loin. Nous allons passer par Ibiza ville et nous mettrons le cap vers l'une des petites baies qui jalonnent la côte. L'endroit se situe au nord de

Cala Llonga, un des endroits les plus réputés de l'île.

Ils atteignirent rapidement Ibiza. La vieille ville couronnait le sommet d'une colline dominée par la cathédrale et la haute enceinte médiévale. En bas, le port abritait une nuée de bateaux de plaisance... A la sortie de la ville, les routes devenaient plus étroites. L'air salé rappelait à Clio sa Cornouailles natale, mais l'île possédait une personnalité indéniablement espagnole avec ses couleurs violentes et son air sec et poussiéreux. Sauvage. La jeune femme respira profondément. Le plaisir de se sentir en vacances reprenait le dessus...

Ils s'enfoncèrent vers l'intérieur. Les habitations devenaient plus rares, laissant place à une nature intacte, belle comme au premier jour... Les pins dégageaient leur piquante odeur de résine et la superbe solitude de l'endroit incitait au recueillement. Plus bas, le long de la côte, Cala Llonga déroulait son long ruban de sable doré. Avant qu'ils ne quittent le bord de mer, Clio aperçut fugitivement des corps bronzés offerts au soleil... Lester ne resterait pas solitaire longtemps dans un endroit pareil !

Ils roulaient maintenant sur des pistes à peine tracées et Lester ralentit :

— Dès qu'on quitte les routes principales, on ne trouve plus que des petits sentiers dans ce genre. Accrochez-vous, vous risquez d'être secouée !

A tout moment, on eût pu croire que le chemin allait tourner court, rongé par les broussailles... Mais il progressait néanmoins, de raidillons en descentes cahotantes ; et soudain la mer réapparut en contrebas, splendide, scintillant de mille feux sous le soleil... Lester arrêta la voiture. L'intensité du silence était impressionnante.

— C'est fantastique, murmura Clio au bout

d'un moment. Je n'aurais jamais cru qu'on puisse encore trouver des lieux aussi vierges... Le village est encore loin ?

— Mais nous y sommes !

Incrédule, elle abrita ses yeux de la lumière pour scruter les environs. Et, au flanc d'une colline toute proche, elle finit par distinguer une demi-douzaine de petites constructions cubiques blanches, aux toits de tuiles rousses dans le style du pays. Elles s'intégraient si bien au paysage qu'on ne pouvait soupçonner leur présence !

Lester descendit de voiture et Clio le suivit.

— Vous voyez cette petite plage, là-bas, au pied de la colline... Elle est réservée aux locataires des villas. A eux seuls. Ils occupent le paradis terrestre. D'ailleurs, l'endroit déplairait aux touristes ordinaires. Aucune commodité particulière, pas la moindre boutique, pas de vendeur de glace ! Alors, est-ce que cela répond à vos préoccupations ?

Clio en resta muette. Immobile, elle regardait de tous ses yeux. Elle qui croyait Lester insensible à la beauté d'un paysage... Un tel bijou n'aurait jamais pu être conçu par un promoteur indifférent !

— Je suis plutôt impressionnée, reconnut-elle honnêtement. Le complexe de Cornouailles ressemblera-t-il à cela ?

— Exactement, architecture et ensoleillement mis à part ! Je ne peux garantir les conditions climatiques ! Alors, suis-je le Gengis Khān que vous prétendiez ?

— Je me couvre la tête de cendres... J'aimerais visiter un bungalow, à moins qu'ils ne soient tous occupés ?

— Pas du tout, l'un d'entre eux nous est réservé pour la nuit.

Clio se retourna, écarlate. Elle avait mal entendu ! Mais le sourire cynique de Lester laissait peu de place à l'équivoque... Furieuse, incapable de trouver une injure assez vive pour exprimer son mépris, elle serra les poings. D'un bond Lester fut sur elle, attrapa ses poignets... et les porta à ses lèvres en un geste si érotique, si inattendu qu'elle faillit perdre pied. Mais son trouble dura à peine et elle se libéra brutalement.

— Vous êtes vraiment infect... Si vous croyez que je vais passer la nuit avec vous...

— Expliquez-moi donc où vous comptez la passer, alors ! Il faut marcher trois bons kilomètres avant de rejoindre la route principale et il en reste huit avant d'atteindre Ibiza ! Ça fait un peu loin à pied, même quand on n'a qu'une petite valise ; mais enfin, si ça vous tente...

Il sortit les bagages de Clio de la voiture et les déposa à côté d'elle. Elle était coincée... Impossible de faire cent mètres sans s'affaler, tous bagages éparpillés, sur un chemin aussi inégal ! Et le temps de trouver un automobiliste pour la prendre en stop dans un endroit aussi désert ! Même les bungalows semblaient inoccupés... Le monstre avait bien calculé son coup !

— Je vois que le piège est bien monté. Vous avez même renoncé à louer les villas pour mieux m'isoler. Je n'aurais pas cru que vous abandonneriez une telle source de profit mais, puisque nous disposons de six bungalows, nous dormirons chacun dans le nôtre, ça je vous le jure !

A sa grande fureur, elle vit un éclair de victoire briller dans ses yeux.

— Donc vous restez... Au fait, mon chou, désolé de vous décevoir mais cinq des six villas sont louées... Vous êtes assez grande pour faire la soustraction.

— Très bien. Je pars.

La respiration rauque, tous les sens en alerte, Clio se sentait prête à tout pour s'échapper, comme un petit animal traqué par un fauve... Un prédateur, voilà ce qu'il était ! Seule la colère l'empêchait d'éclater en sanglots. Jamais elle ne l'aurait cru capable d'une ruse aussi mesquine...

— Si vous vous calmiez et preniez le temps de jeter un coup d'œil, vous constateriez qu'il y a deux chambres par bungalow. D'ailleurs vous le savez très bien, vous connaissez les plans. Alors arrêtez de me dévisager comme si j'allais vous faire subir les derniers outrages et retournons à la voiture. Autant se garer tout près de la villa... Allons ! Un peu de sang-froid, que diable ! Je vous assure que votre lit virginal le restera. Après un tel éclat, je ne me risquerais pas à venir vous y chercher quand je peux trouver ailleurs plus agréable compagnie !

Un défi presque primitif faisait scintiller son regard... Le mâle de l'espèce face à la femelle, affirmant insolemment sa force, sa supériorité ! Comme elle aurait voulu le planter là et rejoindre la ville à pied ! Mais c'eût été se couvrir de ridicule. Elle ne put que lancer sa valise sur le siège arrière et se rasseoir à ses côtés, dans un silence hostile.

Lester arrêta la voiture près de leur bungalow et reprit plus doucement :

— Je croyais que c'était la trêve ?

— Oui. Avant de me retrouver prise au piège !

— Ne voyez donc pas de piège partout ! Sachant où nous allions, vous auriez pu deviner qu'on y passerait la nuit...

Une grande lassitude envahit la jeune femme. Se battre, toujours se battre...

— Entrons, voulez-vous ? J'aimerais voir l'intérieur.

— Bien sûr. Nous sommes là pour ça, non ? Que diriez-vous d'aller dîner sur la côte, après le tour du propriétaire ? Je connais un très bon restaurant de fruits de mer et je ne crois pas que vous teniez à faire la cuisine...

— Sûrement pas ! Je ne suis pas venue ici pour servir de cuisinière.

Ce qui l'effrayait surtout, c'était l'idée d'un dîner en tête à tête dans un lieu si évidemment prévu pour un couple amoureux... Malgré l'animosité qu'il lui inspirait, elle redoutait sa propre faiblesse. Il suffisait parfois qu'il la frôlât pour... Non ! mieux valait dîner dehors !

Lester porta leurs bagages à l'intérieur. Dès le premier coup d'œil, Clio dut s'avouer conquise par la villa. Le mobilier, d'une simplicité luxueuse, combinait confort et élégance. Les deux chambres, Dieu merci, fermaient à clé ! Sans chercher à se dissimuler, Clio prit une des clés et la glissa dans son sac.

— Voici une provocation inutile, fit calmement Lester. Je ne vous importunerai pas, je vous l'ai dit. Je n'ai pas pour habitude de... consommer mes secrétaires.

Il s'arrangeait à merveille pour l'humilier, la dévaloriser. Comme s'il ne voyait plus en elle une femme, seulement l'employée...

Ravalant son dépit, elle poursuivit sa visite. La cuisine, petite pièce blanche immaculée, regorgeait de provisions pour leur séjour. Lester avait dû téléphoner à son agent... La porte-fenêtre du salon ouvrait sur une terrasse où un salon de jardin lui tendait les bras. Tout en bas, la Méditerranée turquoise la narguait. Clio aperçut deux silhouettes serrées l'une contre l'autre, deux amants marchant le long des vagues, oublieux de tout ce qui n'était pas leur amour...

Elle rentra, mal à l'aise, se rappelant la vocation de l'île, un refuge pour les amoureux. Et leur intrusion, eux dont chaque mot était une invite à la dispute, lui semblait une insulte à la beauté du pays ! Une larme furtive coula sur son visage. Si seulement les choses pouvaient s'arranger, sans heurt ni souffrance. Mais Lester possédait le don d'éveiller le pire en elle et il semblait que ce fût réciproque...

Soudain deux mains se posèrent sur sa taille. Il était là, juste derrière elle. Son cœur s'emballa, marqua un battement quand il l'attira plus près...

— Il ne faut pas avoir peur de moi, Clio. Je n'ai jamais pris aucune femme de force. Mais, si vous changez d'avis au sujet de cette porte fermée à clé, vous n'aurez qu'à taper contre le mur de ma chambre.

Ses mains descendaient sur ses hanches, caressantes. Clio ferma les yeux, tout entière aux sensations interdites qu'il faisait naître en elle... Le temps n'existait plus, seul vivait le plaisir de s'abandonner dans ses bras...

Un bruit de voix la ramena brutalement à la réalité. Décidément, le climat de l'île ne lui valait rien, il lui faudrait redoubler d'attention ou Lester gagnerait trop facilement du terrain ! Il la libéra avec un juron étouffé. Quelqu'un appelait... et c'était une femme.

Chapitre neuf

Clio s'écarta vivement... Une jeune femme brune venait d'entrer, manifestement en pays de connaissance, à peine vêtue d'un bikini minuscule, exhibant généreusement un bronzage cuivré des plus réussis... Elle se pendit au cou de Lester et Clio put constater qu'il n'en perdait pas une miette...

— Il m'avait bien semblé entendre une voiture ! roucoula la beauté exotique avec un léger accent espagnol. Je suis tellement heureuse de te revoir, Lester ! Tu m'as manqué !

Elle se plaquait voluptueusement contre lui et, si elle avait remarqué la présence de Clio, elle n'en laissait rien voir !

Lester se mit à rire et se dégagea — à regret — de l'étreinte de ses bras. Clio baissa les yeux... Où qu'il aille, il y aurait toujours une beauté de ce genre pour venir l'accueillir, la lèvre humide et le regard enflammé...

— Toi aussi, Carlotta, tu m'as manqué... Merci de t'être si bien occupée de tout. J'aimerais te présenter Clio, ma secrétaire.

L'inconnue sembla se demander un instant quel était exactement le rôle de cette secrétaire ! Clio lui adressa un petit sourire crispé... Elle ne se poserait pas en rivale et cette Carlotta pouvait bien garder son Lester !

— Carlotta est mon agent à Ibiza, reprit Lester, achevant les présentations. Elle chante aussi au casino pendant l'été. Toute l'île l'adore! Et, pour récupérer un peu en fin de saison, elle vient se reposer dans un de nos bungalows... Bonne publicité pour l'entreprise, non ?

— Certainement, balbutia gauchement Clio, mal remise de sa surprise.

Et, comme par hasard, cet agent se révélait être une femme! Elle n'aurait pu affirmer qu'il existait une complicité sensuelle entre eux mais elle comprenait mieux pourquoi Lester acceptait si facilement sa décision de faire chambre à part... Une des plus belles filles du pays l'attendait, à quelques mètres à peine!

Carlotta lui chuchota quelques mots à l'oreille et Lester sourit... Il effleura légèrement ses lèvres. Clio détourna les yeux. Quel besoin avait-il de s'exhiber ainsi! Le mufle!

— J'espère vous revoir avant votre départ, Clio, reprit Carlotta à haute voix. Il faut absolument vous baigner, l'eau est encore toute chaude du soleil de l'été! Peut-être à demain ?

— Peut-être... Tout dépend des projets de Lester. Je ne suis que sa secrétaire...

Carlotta émit un petit rire de gorge très sexy :

— C'est vrai, j'oubliais! Eh bien! Si vous n'arrivez pas à convaincre Lester de vous laisser une heure de liberté, j'essaierai de plaider votre cause!

— Veux-tu bien filer, petite sorcière! intervint le promoteur en riant. Laisse-moi donc organiser ma vie tout seul! Et, pour ta gouverne, sache que nous serons à la plage demain matin...

— Très bien, chéri!

Elle caressa sa joue une seconde, envoya un petit baiser à Clio et sortit aussi vite qu'elle était entrée...

— Belle, n'est-ce pas ?

Lester la regardait, félin guettant sa proie...

— Oui, si on aime le type latin. Moi, je trouve ce genre de physique un peu exubérant...

Elle se mordit immédiatement les lèvres. Cette réflexion malveillante ne lui ressemblait pas. Tout à l'heure déjà, elle avait agi stupidement en se ravalant devant Carlotta au rôle de secrétaire soumise... Décidément, elle ne se reconnaissait plus !

— Dommage que vous la trouviez si dénuée d'intérêt...

Lester riait : sans doute ne tenait-il pas grand compte de son opinion...

— Parce qu'elle m'a dit à l'oreille des choses très flatteuses à votre sujet !

— A mon sujet ?

— Parfaitement. Elle a été éblouie par vos cheveux blonds et les a comparés à des rayons de soleil... Ce « type latin » a le chic pour la poésie, non ?

Clio se sentit réellement honteuse...

— J'aurais dû vous faire ce compliment depuis longtemps, fit Lester en enroulant une mèche dorée autour de son doigt. Mais nous autres gens du Nord sommes un peu à court de vocabulaire pour d'aussi jolies comparaisons...

— Vous n'êtes pas très doué pour ça, en effet ! coupa la jeune femme en s'écartant. J'espère que vous me ferez visiter l'île avant qu'il fasse nuit. Je ne voudrais pas être venue pour rien ! Ai-je le temps de prendre une douche ?

— Dix si vous voulez ! J'ai quelques mots à dire à Carlotta, je repasse vous prendre dans une demi-heure. Ça vous va ?

— Parfait.

Si elle le jetait dans les bras de cette Carlotta, tant pis !

Une demi-heure plus tard, elle était prête, ravissante dans une robe bain de soleil vert pâle, avec une longue écharpe assortie au cas où le temps fraîchirait. Elle entendit Lester rentrer et se doucher rapidement. Puis il sortit la rejoindre, séduisant et viril dans une chemise bleu pâle à col ouvert et un pantalon sable, un sweater négligemment noué autour du cou. En quittant le bungalow, ils aperçurent le couple que Clio avait remarqué sur la plage.

— En pleine lune de miel, fit Lester. Le monde n'existe plus pour eux...

La jeune femme sentit son cœur se serrer. Elle se traita d'idiote et monta en voiture. Lester l'emmena d'abord visiter San Antonio, dont le port attirait les touristes grâce aux milliers de petits poissons argentés qu'on pouvait apercevoir, massés contre les quais. Ils longèrent la côte par une hallucinante route en lacets, à l'extrême bord d'une falaise à pic. Ce furent ensuite des collines boisées de pins odorants, de chênes-lièges et d'oliviers, de petits villages baignés de lumière ocre dans le couchant, aux maisons rustiques blanchies à la chaux. Clio se sentait complètement dépaysée. Finalement, ils atteignirent un amusant restaurant perché sur une falaise, avec une vue superbe sur la mer. En deux heures, on faisait quasiment le tour de l'île... Leur lieu de départ, le bungalow, ne se trouvait guère que quelques collines plus loin ! Clio mourait de faim : les fruits de mer et le délicieux vin du pays seraient les bienvenus...

Enfin elle se détendait un peu. Impossible d'échapper à la magie de l'île. Tout l'y invitait : la douceur de l'air, l'étrange lumière du crépuscule, entre chien et loup... Une à une, les étoiles s'allumaient. Une lune orange et pleine se leva bientôt, si ronde et si parfaite qu'elle paraissait fausse, comme dessinée par un décorateur pour ajouter au charme de l'île. Clio osait à peine respirer, bouleversée par tant de beauté. Elle se tourna vers Lester et le regard qu'elle surprit fit battre son cœur plus vite... Un regard indéfinissable mais qui pour une fois ne contenait aucune trace de combativité. Surtout penser à fermer la porte à double tour, cette nuit ! Elle se sentait si vulnérable et il pouvait se montrer si charmeur quand il le voulait...

Après dîner, ils remontèrent lentement à la villa. Clio sombrait dans une douce somnolence. Le ressac de la mer lui rappelait son pays... Les bungalows semblaient endormis. Elle remercia sincèrement Lester pour cette merveilleuse soirée. Elle lui souhaita une bonne nuit et s'apprêtait à franchir la porte de sa chambre quand il lui barra le passage. Il referma les bras sur elle dans une intention si évidente qu'elle redescendit immédiatement de son petit nuage.

— Lester... vous aviez promis !

Il balaya l'argument d'un geste impatient. Clio sentit ses jambes se dérober sous elle... Elle avait dû trop boire au dîner, le vin du pays lui jouait des tours et ses bonnes résolutions vacillaient avec elle. Elle tenta de se rappeler ses multiples raisons de ne pas lui céder mais tout devenait très confus ! Et Lester restait l'homme le plus excitant qu'elle ait jamais connu... Lovée au creux de ses bras dans ce paradis, elle ronronnait. Pourquoi donc, au fait, devait-elle lui résister ? Pourquoi...

— Vous ne pensiez tout de même pas aller vous coucher sans un baiser ?

Sa voix était douce, insinuante, un peu voilée... et sa bouche si près de la sienne. Elle aurait tant aimé qu'il l'embrasse mais jamais il ne s'en tiendrait là !

Avec un petit soupir, elle se laissa aller et l'enlaça à son tour. Il prit sa bouche presque brutalement, forçant ses lèvres à s'entrouvrir. Clio ne pouvait rien lui refuser.

Il provoquait tous ses sens, l'excitant au-delà

de toute expression. Amour, haine, bien, mal, ne représentaient que des mots qui se brouillaient dans sa tête. Rien d'autre ne subsistait que cet intense plaisir partagé.

Clio exultait sous ses baisers, soumise à ses caresses... Les mains de Lester se faisaient plus pressantes, exigeant davantage, explorant son dos comme s'il voulait en connaître chaque parcelle.

— J'ai envie de vous comme je n'ai jamais désiré aucune femme... Vous ressentez la même chose, je le sais, je le sens. Dites-le-moi, Clio. Vous resterez là dans mes bras jusqu'à ce que je l'ai entendu...

— Je vous veux, Lester... et je veux rester dans vos bras...

Clio ne savait plus bien où elle en était, ce qu'elle disait ou faisait. Il savait si bien se servir des mots, des mots trompeurs... Elle aurait voulu ne plus quitter son étreinte, se sentir désirée ainsi à tout jamais ! Comme une plume, il la souleva dans ses bras et la porta à sa chambre, refermant la porte d'un coup de pied. Il la déposa sur le lit et s'allongea près d'elle.

— Pourquoi vous êtes-vous montrée si têtue, chérie ? Vous auriez dû savoir dès notre rencontre que nous étions faits l'un pour l'autre...

Un à un, il faisait sauter les boutons de sa robe, si délicatement qu'elle ne s'en aperçut qu'en sentant le vent de la nuit effleurer ses seins nus... Le jeune homme posa les mains sur sa poitrine. Elle retint son souffle, défaillant sous ses caresses. L'intensité de son désir était telle qu'elle faillit crier lorsqu'elle sentit sa langue frôler la pointe de son sein. A peine consciente de son geste, elle glissa sa main dans la chemise entrouverte de Lester, se perdant dans la toison brune. Il poussa un gémissement rauque. Enivrée, frémissante de

111

désir, elle murmura son nom comme un appel :

— Lester...

— Ne dites rien, chérie... Ne parlez pas... Les gestes suffisent, vous êtes exactement celle que j'espérais. Ma Clio, si belle, si tentante...

Sa robe s'ouvrit jusqu'à la taille et Lester en défit les derniers boutons. Elle était nue, excepté son minuscule bikini de dentelle. Lester arracha sa chemise... Sa bouche avide descendit lentement jusqu'à la taille de Clio, s'attardant sur son ventre pendant qu'il jouait avec l'élastique du slip, exaspérant son désir jusqu'au paroxysme. Elle ferma les yeux, s'abandonnant aux mains qui enflammaient son corps... Elle se sentait belle et une onde de bonheur la submergea : belle pour la première fois, belle pour s'offrir à un homme. Le dénouement était si proche... L'instant de donner et recevoir l'amour. Elle entendait le souffle rauque de Lester, le rythme précipité de son cœur et sut qu'en lui aussi, le désir faisait rage...

Très loin, comme au tréfond d'un rêve, elle entendit claquer la portière d'une voiture... Mais le monde existait-il encore ? Rien n'importait plus, ne comptait plus, rien que Lester lui faisant l'amour et elle... elle l'aimait ! L'évidence s'imposa, lumineuse. Il fallait qu'il sache, elle allait lui dire, tout de suite... mais... que se passait-il ? Il releva la tête... Dehors, des pas faisaient crisser le gravier. Non, pas maintenant !

Lester poussa un juron furieux. Il n'avait pas fermé la porte d'entrée et la lumière du salon brillait toujours. Une seconde s'écoula, interminable... et la voix chantante de Carlotta résonna dans la maison. Elle les appelait pour prendre un dernier verre chez elle.

— Elle ne partira pas maintenant qu'elle nous sait à l'intérieur. Ne bougez pas, chérie, je vais essayer de m'en débarrasser.

112

Clio se retrouva seule... Elle restait immobile, paralysée... Elle entendit soudain le rire de Lester mêlé à la voix aiguë de Carlotta. Elle ne pouvait comprendre ce qu'ils disaient mais leur complicité la brûla comme un fer rouge.

Maladroitement, en tremblant, elle reboutonna sa robe. Elle ne frémissait plus de passion, comme un instant plus tôt, mais d'humiliation ! Et dire qu'elle brûlait de lui avouer son amour ! L'amour ? Jamais Lester n'en parlait. De désir, de plaisir, oui ! Mais il ne l'aimait pas. En revanche, quelle extraordinaire mise en scène : pleins feux sur les détails exotiques, le paysage, la soirée passée ensemble et son propre pouvoir de séduction. Enivrée par ses caresses, elle s'était laissée piéger comme une midinette...

Elle se précipita vers la porte et la verrouilla à double tour. Au bord des larmes, elle s'adossa contre le mur. Elle avait failli céder comme « toutes les autres »... Soudain elle vit la poignée tourner. Carlotta avait dû partir. Quel culot ! Evincer une fille pendant que l'autre l'attendait dans sa chambre ! Cela ne gênait peut-être pas Carlotta de voir son amant butiner d'un lit à l'autre mais Clio, si !

Et plutôt deux fois qu'une !

— Chérie, ouvrez-moi...

Elle serra les poings.

— Jamais ! seriez-vous le dernier homme vivant sur terre !

Elle hurlait presque, libérant ainsi toute la frustration, l'humiliation qu'elle ressentait.

— Vous ne me toucherez plus jamais, vous entendez ! Partez !

— Clio, pour l'amour du ciel, ouvrez ! Je ne peux pas vous quitter comme ça !

— Je ne veux plus vous revoir ce soir, comprenez-vous ? Je vous hais ! Laissez-moi tranquille !

L'espace d'une seconde, elle crut qu'il allait enfoncer la porte. Il se contenta de répondre d'une voix glaciale :

— Très bien. Je ne vous dérangerai plus.

Elle entendit claquer la porte d'entrée... Il était parti chercher consolation chez Carlotta, bien sûr ! Qu'il aille donc la retrouver, elle s'en fichait ! Oh non, non !... Elle se mentait. Une jalousie mordante, presque physique, lui lacérait le cœur à les imaginer...

Elle enfouit son visage dans les couvertures et pleura. Au moment même où elle comprenait qu'elle aimait Lester d'un amour véritable, profond et absolu, elle réalisait qu'elle ne serait jamais payée de retour... Elle apprenait dans la douleur que l'amour se moquait éperdument de la raison : Lester rejoignait une autre femme ? Elle ne l'en aimait pas moins, alors qu'elle aurait dû le haïr... Epuisée par ce trop-plein d'émotion, elle finit par s'endormir. Lester était-il seulement rentré ? Elle n'en sut rien.

A peine éveillée, les yeux encore rouges et cernés, elle se doucha. Au sortir de la salle de bains elle croisa Lester... Le cœur battant, elle soutint son regard dur. Il portait un maillot de bain noir. En voyant la toison sombre où ses mains s'étaient égarées la veille, Clio pâlit. La veille ? Seulement ? Une année-lumière s'était écoulée depuis.

— Il y a des toasts et du café dans la cuisine, fit-il sèchement. Après, je vous propose d'aller à la plage. Ce serait dommage de ne pas profiter du soleil. Carlotta nous y rejoindra. Elle nous invite à déjeuner. Nous repartirons ensuite.

Pour se donner du courage, elle releva fièrement le menton mais des larmes lui brûlaient les paupières.

— Parfait.

Elle s'interrompit, hésita une seconde. Après tout, Lester était l'homme qu'elle aimait...

114

— Lester, au sujet de la nuit dernière...

Poussée par l'émotion, elle en aurait peut-être trop dit mais il l'interrompit sèchement :

— Moins nous en parlerons, mieux cela vaudra. C'est terminé, oublié. Ne pensons qu'à aujourd'hui, d'accord ?

On ne pouvait être plus clair. Elle représentait probablement l'un de ses rares échecs mais il n'était pas homme à remâcher éternellement sa déconvenue. Clio le repoussait ? Il lui restait « toutes les autres ». Il lui restait Carlotta.

Plus tard sur la plage, Clio se sentit vraiment de trop... Carlotta se cambrait voluptueusement sous les mains caressantes de Lester, qui enduisait d'huile solaire son beau corps bronzé... Bien sûr, il n'y avait là rien d'ouvertement choquant ou insultant, pourtant Clio se rongeait d'embarras, de jalousie. Ainsi, il s'arrangeait pour lui faire payer son refus de la nuit. Sa vanité masculine avait dû en prendre un coup ! Après avoir eu toutes les raisons de croire qu'elle céderait, elle l'avait repoussé, brusquement...

Lester se tourna vers elle, le flacon d'huile solaire à la main, pour lui proposer le même service... que Clio refusa froidement. La sensation de ses caresses était encore trop brûlante sur sa peau pour qu'elle supportât de se laisser toucher impunément. Trop de souvenirs auraient afflué, insupportables...

Sans trop savoir comment, elle vint à bout de la matinée. Attablée devant les salades préparées par Carlotta, elle parvint même à faire bonne figure... Et chaque fois qu'elle surprenait un tendre regard entre Lester et leur hôtesse, son cœur saignait. Hier encore elle aurait pu sourire de ses attitudes donjuanesques... Hier, oui. Mais aujourd'hui, elle savait qu'elle l'aimait.

Chapitre dix

Enfin l'heure du départ... Mais Clio ne respira vraiment qu'une fois réfugiée dans son appartement de Bristol. Pendant le vol, ils n'avaient échangé que de rares paroles et elle était à bout de nerfs. Elle revenait de ce week-end brisée, désespérée. Le lendemain il faudrait retourner au bureau. Lester partirait visiter un autre chantier. Et là peut-être y rencontrerait-il la fille d'un client...

Elle ébaucha un sourire amer mais une douleur aiguë lui rappela qu'il était trop tôt pour ironiser ! Son tempérament entier, passionné exigeait qu'elle donnât tout d'elle-même, à un seul homme... et il la rejetait avec autant d'insouciance que le papier d'un bonbon qu'on lance derrière soi. Eperdue de chagrin, elle souhaita un instant pouvoir se contenter de ce que Lester offrait : un plaisir physique, d'une insupportable densité, de savantes délices érotiques, mais sans cette indispensable nourriture de l'âme qu'était pour Clio l'amour partagé... Mais non. Elle ne pouvait tout avoir ? Autant ne rien avoir du tout !

Elle frissonna. La nuit lui semblait si froide... Mais il fallait réagir ! Si Lester se rendait compte de son désarroi, de la profondeur de celui-ci, il savourerait son triomphe ; encore un papillon épinglé, un trophée de chasse à son tableau ! Et

Clio avait trop de cran pour lui laisser cette victoire...

Le lendemain, au bureau, elle dut faire face aux commentaires taquins de Maureen et Sonia, persuadées que le prétendu voyage d'affaires avait tourné à la lune de miel ! Désespérant de les convaincre du contraire, elle fila comme une flèche à son bureau et se jeta rageusement sur le courrier. Les deux commères d'à côté ne s'étaient pas trompées de beaucoup en ce qui concernait ces deux jours à Ibiza ! Chère Carlotta ! Son irruption dans le bungalow l'avait sauvée des entreprises de son patron. Maintenant, il fallait se reprendre et travailler, travailler jusqu'à en oublier ces images obsédantes, le souvenir de la peau, de l'odeur de Lester, de son désir à elle quand le corps puissant de l'homme avait cherché à posséder le sien...

C'était le passé. La splendeur ensoleillée d'Ibiza appartenait à un autre monde. Ici, il faisait froid, la bruine glaciale de cette fin d'octobre vous pénétrait jusqu'aux os. Grâce au ciel, Lester s'absenterait quelques jours : un nouveau chantier au nord du pays.

Quand il reparut au bureau, il semblait tendu, fatigué. Les tractations ne se déroulaient pas aussi facilement qu'à l'ordinaire. En tant que secrétaire, Clio suivait l'affaire de près et, en tant que femme, elle souffrait de ne pouvoir l'aider à se détendre, de ne pouvoir caresser son visage quand il rentrait exténué, après une journée de discussions stériles.

D'ailleurs elle-même se sentait lasse, épuisée. Elle se refusa à y accorder la moindre attention mais une fatigue inquiétante lui coupait les jambes. Elle dut se rendre à l'évidence : il fallait se soigner. Elle accepta de rentrer chez elle tôt dans l'après-midi, décidée à se bourrer d'aspirine et de citron chaud pour être en forme le lundi matin. Car les affaires de Lester ne progressaient toujours pas. Il se battait comme un fou pour décrocher ce contrat et, grippe ou pas, ce n'était pas le moment de le laisser tomber !

Tout le week-end, elle traîna misérablement au lit, perdant toute conscience du temps dans un demi-sommeil lourd... Par moments, elle trouvait juste assez d'énergie pour tituber jusqu'à la cuisine et avaler sans plaisir une boisson chaude ou un sandwich. Puis elle repartait se coucher, s'abandonnant à un sommeil peuplé de cauchemars dont elle s'éveillait en sueur, entortillée dans ses draps défaits... Parfois ses rêves se révélaient franchement érotiques ; elle s'offrait aux caresses de Lester et ses mains expertes la portaient à un tel degré d'extase qu'elle reprenait brusquement conscience et se retrouvait en larmes, seule dans son lit. En larmes... si seulement elle pouvait s'y noyer... tout oublier... jusqu'à la folie... Il lui semblait entendre des voix dans ses rêves, des chuchotements où elle croyait parfois reconnaître le timbre grave de Lester.

— Regardez, elle se réveille...

Clio souleva péniblement la tête, essayant de secouer le brouillard qui troublait sa vue.

Lester ! Lester était là, agenouillé près du lit, à côté d'un homme qu'elle ne connaissait pas et qui lui prit le poignet.

— Depuis combien de temps est-elle dans cet état ?

— Je ne sais pas, répondit Lester. Vendredi, sans doute. Je l'ai découverte ce matin, en venant la prendre pour aller au bureau...

Quelle étrange sensation... On parlait d'elle comme d'une absente sans rien lui demander directement... Elle essaya de parler, de manifester sa conscience, mais aucun son ne sortit de sa gorge enflée. Elle sentit une aiguille pénétrer la chair de son bras... Une piqûre ! Qu'avait-elle donc ?

— Une grippe mais compliquée d'une pointe de pneumonie... Elle ne peut pas rester toute seule ici.

Clio se sentait inutile et molle comme une poupée de chiffon.

— Ma maison est à deux pas, je pourrais l'y emmener, proposa immédiatement Lester.

— Bonne idée. Elle aura besoin de soins constants pendant une bonne quinzaine de jours. Voici l'ordonnance. Je repasserai demain.

Clio voulut protester. Elle donnerait beaucoup trop de travail à Mme Somerton ! Mais l'injection commençait à faire effet... Elle se sentit glisser dans une sorte de néant feutré, agréable. Elle réalisa encore que Lester la prenait dans ses bras, enroulée dans une grosse couverture, puis plus rien...

Les jours se succédèrent, noyés d'un brouillard indistinct... Elle avait conscience de se trouver dans une chambre inconnue et reconnaissait parfois certains visages : Mme Somerton, Lester... Quand elle se débattait, en proie à de violents accès de fièvre, il y avait toujours des mains fermes pour la retenir, la calmer, rafraîchir son front brûlant d'un mouchoir imprégné d'eau de Cologne... ou parfois d'un baiser. Lester, Lester toujours près d'elle, toujours attentif... Rêvait-elle sa présence inquiète et cette voix tendre qui la suppliait de guérir, qui l'appelait « ma chérie », « mon amour »... ?

La porte de la chambre s'ouvrit... Depuis quelques heures, Clio reprenait lentement conscience, pour la première fois depuis... depuis quand exactement ? Lester entra, costume-cravate et lueur ironique dans l'œil, si semblable à lui-même que la jeune femme se convainquit sur-le-champ d'avoir rêvé son angoisse et sa tendresse.

Quelle imagination délirante... Pourtant, il sembla soulagé de la voir éveillée mais ses premiers mots ne révélèrent aucune trace d'émotion...

— Bienvenue dans le monde des vivants ! Vous voici revenue parmi nous, on dirait ?

Elle avala péniblement sa salive.

— Depuis combien de temps suis-je ici ?

— Une semaine, fit Lester, bourru. Et vous en avez pour une semaine encore. Ordres de la Faculté !

— Oh ! non ! Je ne peux pas...

Elle tenta de se soulever sur ses oreillers et la pièce se mit à tourner... Elle retomba, noyée de transpiration.

— Je vous donne tellement de souci...

— Ne soyez pas ridicule. Croyez-vous vraiment que je vais vous laisser repartir chez vous dans cet état ? J'ai promis à votre père de veiller sur vous. Après tout, c'est moi qui ai eu l'idée de vous faire venir ici. Je me sens responsable.

Le ton était froid, distant... comme s'il traitait une affaire. Clio se mordit les lèvres. Il s'occupait avec sérieux de la santé de la fille d'un associé, pour conserver de bonnes relations avec celui-ci. Rien de plus... La tendresse qu'elle avait cru percevoir dans sa demi-conscience n'était qu'hallucination de son esprit malade.

— Mon père sait que...

— Bien sûr ! Je lui ai téléphoné immédiatement. Il voulait venir vous voir mais le médecin l'a assuré que le pire était passé. Je lui donne de vos nouvelles chaque soir. Il y a un téléphone près de votre lit. Si vous voulez l'appeler...

— Lester, je voudrais vous remercier...

— Faites-le en guérissant vite ! Je repasserai ce soir, il faut que j'aille au bureau à présent. Et si vous pensez être assez reposée par votre semaine de vacances, peut-être pourrez-vous descendre dîner avec nous ? Je commence à en avoir assez de vous porter dans mes bras...

Il lui planta un petit baiser sur la joue et sortit en coup de vent. Clio devint écarlate, horriblement gênée d'avoir été prise en charge comme une enfant. Quelles qu'en fussent les raisons, Mme Somerton et Lester s'étaient occupés d'elle comme si elle faisait partie de la famille. Elle en eut une confirmation en appelant son père.

— Je n'ai jamais vu quelqu'un d'aussi inquiet, chérie... Je voulais venir mais il m'a dit qu'il te fallait seulement soins et tendresse... « Nous les lui donnons », a-t-il ajouté.

— Mme Somerton a vraiment été merveilleuse...

— Certes. Mais lui aussi mon petit ! Ne sous-estime pas la part que Lester a prise à ta guérison. Je ne sais pourquoi mais il se sent responsable de ta maladie... Que dirais-tu de venir ici pour ta convalescence ?

— Papa ! Je ne suis plus un bébé ! Ça va déjà beaucoup mieux. Si tu me parles de convalescence, je vais finir par me croire complètement invalide !

— Je vois que tu as retrouvé ta mauvaise humeur ! constata James en riant. Ça me rassure ! Mais promets-moi au moins de venir une semaine pour les fêtes de fin d'année. Burgess peut bien se passer de toi huit jours et ce ne serait pas vraiment Noël si tu n'étais pas là...

— D'accord, papa, promit tendrement Clio.

Après lui avoir monté le plateau du déjeuner, Mme Somerton changea ses draps, lui racontant comment, ces jours derniers, Lester la prenait dans ses bras quand il fallait refaire son lit... Voilà pourquoi il commençait « à en avoir assez » !

— Vous avez été si gentils tous les deux ! Je

n'aurais jamais cru Lester capable d'une telle patience avec un malade...

— Il a l'habitude, hélas. Sa mère est morte d'une longue maladie. Il l'adorait et passait des heures à son chevet, à lui faire la lecture... Il est d'ailleurs bien plus patient que les gens l'imaginent souvent ! Ça le sert en affaires d'ailleurs ! Il grignote, petit bout par petit bout jusqu'à ce qu'il emporte le morceau !

Etait-ce la technique qu'il employait avec elle ? Une seconde, elle douta de la sincérité de ses attentions, pour se le reprocher aussitôt. Après tout, il s'était montré d'une rare générosité en mettant sa propre demeure à sa disposition... Mais ce soir, elle descendrait dîner sans son aide ! Le vieil instinct de conservation et sa féminité reprenaient le dessus...

Une semaine plus tard elle put regagner son appartement, mais il lui fallut garder la chambre encore une quinzaine de jours. Lester venait la voir souvent et Mme Somerton passait sous les prétextes les plus divers, en profitant pour faire un brin de ménage ou de cuisine. Puis vint le jour où Clio estima s'être assez fait dorloter !

— Ça ne peut plus continuer comme ça ! protesta-t-elle un soir où Lester arrivait les bras chargés de fleurs. Ce bouquet est magnifique mais je ne mérite pas d'être traitée comme une star du muet !

— Question d'opinion, répliqua Lester. De toute façon, les fleurs ne proviennent pas de moi mais de vos collègues du bureau...

Clio rougit de plaisir. A voir la taille de cette gerbe somptueuse, il avait dû largement contribuer à la collecte...

— Je suis très touchée... Tout le monde a été merveilleux et, si vous ne sortez pas tout de suite, je vais m'écrouler de reconnaissance, moi qui ai juré de ne plus verser la moindre petite larme !

— Je constate que vous récupérez rapidement... Vous en êtes déjà à sortir les griffes !

Elle vit l'ironie familière allumer son regard... Comme ses yeux étaient bleus... Elle avait presque oublié...

— Eh bien ! comme ça, vous garderez vos distances !

Sa réplique eut l'effet exactement contraire. Elle se retrouva plaquée contre lui et, pour couper court à toute protestation, il lui ferma la bouche d'un long baiser...

— Voici ce qui arrive quand on me lance un défi ! Avez-vous déjà oublié comme vous vous accrochiez à moi pendant votre maladie ? On aurait cru qu'il n'y avait que ma voix et mes caresses capables de vous calmer. Vous ne jouiez pas les chattes en colère, alors...

Elle s'écarta vivement. Non, elle n'avait pas rêvé... Mais pourquoi l'humilier en lui rappelant à quel point elle dépendait de lui ?

— Vous m'écœurez, Lester ! Profiter de moi alors que je délirais, c'est abominable !

— Profiter de vous ? Curieuse manière de présenter les choses ! Petite idiote ! Que vous serait-il arrivé si je ne m'étais pas trouvé là à temps pour vous soigner ?

— Je n'en sais rien ! Je m'en fiche et, d'ailleurs, je vous ai déjà remercié. A peine suis-je debout que vous vous jetez sur moi ! Croyez-vous vraiment que je me laisserais séduire par pure reconnaissance ? C'est du chantage !

— Bon sang ! Croyez-vous que j'ai besoin de recourir au chantage pour faire l'amour à une femme !

— Vous ne connaissez même pas le sens de ce mot !

Elle le vit se raidir... Un instant, elle eut peur d'être allée trop loin. Les dents serrées, les traits crispés par la colère, il dégageait soudain une

123

agressivité à peine retenue... Elle crut qu'il allait la gifler mais il tourna brusquement les talons, lui jetant simplement au visage :

— Vous non plus...

Chapitre onze

Et Clio retourna au bureau... Lester semblait prendre sa sommation au pied de la lettre et gardait scrupuleusement ses distances, comme s'ils vivaient sur deux planètes différentes. A croire qu'ils ne s'étaient jamais touchés...

Le soir, dans la solitude de son petit appartement, Clio laissait tomber le masque de l'indifférence et pleurait. Car sa mémoire refusait d'oublier... Ibiza, les instants brûlants passés dans ses bras... Aujourd'hui comme alors, Lester représentait tout ce qu'elle attendait d'un homme. Mais il n'était pas amoureux d'elle. Et jamais elle n'accepterait ce qu'il proposait : une relation superficielle, sans amour. Quelle ironie... Dire qu'il lui avait reproché de ne rien savoir de l'amour ! Heureusement, elle retrouverait bientôt son père, sa Cornouailles. Lester avait accepté sa demande de congé et Clio comme une enfant attendait Noël avec impatience. Grâce à James et au cadre familier du manoir, elle guérirait peut-être. Car elle considérait sa passion pour Lester comme une maladie, une aberrante folie à chasser, à exorciser de son corps et de son esprit.

Le jour de son départ, Lester l'accompagna à la gare et sur le quai lui remit un petit paquet enveloppé de papier argenté qu'il lui recommanda de ne pas ouvrir avant Noël... Clio en fut terriblement embarrassée car excepté une corbeille de fleurs qui serait livrée à son domicile — et destinée également à Mme Somerton ! — elle n'avait rien prévu de personnel...

— Ne faites pas cette tête-là, grommela Lester en la voyant rougir. J'offre toujours un cadeau à mes employés pour Noël.

— Alors j'accepte... Merci, Lester.

Le train allait partir. Autour d'eux, les couples s'embrassaient. Pourvu qu'il ne cherche pas à... Il prit simplement sa main et la serra très fort.

— Je ferais mieux d'y aller. Je dois être au chantier dans une demi-heure. Joyeux Noël, Clio. Et transmettez mes amitiés à votre père. Je vous téléphonerai...

Il se perdit rapidement dans la foule, harcelé par ses affaires, comme toujours... Clio s'installa, le cœur serré. Ses yeux s'embrumèrent et elle se réfugia derrière un roman pour éviter les regards des autres passagers...

James l'attendait à l'arrivée et Clio, réconfortée en un clin d'œil, se jeta dans ses bras.

— Tu as maigri, mon petit... Mais je fais confiance à Mme Drew pour te remplumer ! Elle a préparé des tonnes de friandises pour les fêtes...

— A t'entendre, on croirait que je suis la dinde qu'il faut gaver pour le réveillon ! rétorqua Clio en riant. Je me trouve beaucoup mieux comme ça, tu sais !

— Taratata ! Nous allons te reprendre en main maintenant que tu es rentrée... Quoique Lester et la bonne Mme Somerton aient fait une bonne partie du travail ! Il s'est terriblement inquiété à ton sujet, Clio, et j'avais espéré...

— Il faut faire ton deuil de tes projets matrimoniaux, papa ! Il n'y a rien entre Lester et moi. Je reconnais en lui un patron très agréable et généreux. Point final.

La conversation se poursuivit autour d'une tasse de thé.

— Parle-moi donc d'Ibiza ! demanda son père. Finalement, avec ta maladie, tu n'as pas eu le temps de me raconter grand-chose... Lester affirme que l'architecture est parfaitement intégrée au site.

— J'avoue qu'il a raison. Rien à lui reprocher là-dessus. On dirait que ces maisons sont là depuis toujours !

Ibiza... Trop de souvenirs brûlants... Mieux valait en parler exclusivement sur le plan professionnel.

— Elles sont très bien dissimulées par les arbres...

James eut droit à la description minutieuse du lotissement mais rien de plus... La réserve obstinée de sa fille l'inquiétait. Bien sûr, si ça tiraillait un peu avec Lester, ce n'était pas à lui de s'en mêler. Mais, à la réflexion, rien ne l'empêchait de donner un petit coup de pouce à la nature, non ?

Les jours précédant la fête, Clio chercha à s'étourdir, courant les boutiques pour dénicher décorations et cadeaux... Mais elle retrouvait difficilement la magie des Noëls précédents. Son cœur était comme pris dans les glaces, Lester lui manquait si affreusement qu'elle en arrivait presque à regretter leurs disputes...

Il téléphona une fois, l'avant-veille de Noël, mais la jeune fille se sentit soulagée quand il eut raccroché : ils ne trouvaient pas grand-chose à se dire : quelques propos concernant leur travail. Quant au reste... Refoulant ses larmes, elle annonça brusquement à son père qu'elle sortait. Elle prit la voiture et partit au hasard. Sur la route, un groupe d'enfants chantaient des noëls... Leurs joyeux messages d'amour et de fraternité lui laissèrent un goût amer dans la bouche... Elle, l'amour l'oubliait...

Elle rentra frigorifiée, à demi gelée. Depuis sa maladie, elle restait fragile. Elle se forçait à la gaieté mais sa pâleur et ses pommettes saillantes lui donnaient un air frêle, presque éthéré...

James vint l'accueillir avec un verre de sherry.

— Ho ho! Mais qu'est-ce qu'on fête? Il est un peu tôt pour un simple apéritif, non?

— Ma chérie, nous célébrons l'arrivée prochaine d'un invité pour égayer notre solitude!

Clio n'appréciait qu'à moitié l'intrusion d'un étranger pour les fêtes, surtout dans son état...

— Un invité... Quelqu'un que je connais?

James prit un air soigneusement détaché... et Clio reposa brutalement son verre! Elle avait compris! La tempête gronda dans son œil...

— Avant que tu mettes la maison à feu et à sang, mon petit, rappelle-toi que je suis ici chez moi et que j'invite qui bon me semble! Reste assise et écoute-moi: il est grand temps que Lester et toi mettiez les choses au point. Je n'ai pas besoin d'une boule de cristal pour deviner qu'il existe une embrouille quelque part... Je l'ai appelé tout à l'heure, après ton départ précipité. Il sera là demain après-midi. Après les fêtes, tu repartiras avec lui en voiture. Voilà. Et on ne discute pas!

Il avait pris le même ton autoritaire dont il usait pour la gronder dans son enfance... et soudain, toute rancune envolée, elle se jeta dans ses bras en sanglotant!

— Pourquoi as-tu des secrets pour ton père, Clio? Tu me confiais tout quand tu étais petite, tu ne te rappelles pas?

— Ceux des adultes sont différents, papa... Il est grand temps que je m'en sorte toute seule désormais. J'ai simplement besoin que tu sois là...

James l'embrassa tendrement:

— Je serai toujours là, chérie. T'ai-je jamais fait défaut? Tâche de rester calme à l'arrivée de Lester. Rien ne sert de fuir les problèmes, tu ne fais que retarder le moment de les résoudre. Et puis n'oublie pas que c'est Noël : paix sur la terre aux hommes de bonne volonté !

Clio réussit une ébauche de sourire, encore humide de larmes.

— Ne t'inquiète pas, je ne ferai pas de scandale ! Mais comment se fait-il que Lester ait accepté de venir ? Il doit crouler sous les invitations, pourtant !

— Il faut croire qu'il préfère notre compagnie...

L'amour est aveugle, dit le vieux dicton. Eh bien ! il s'applique parfaitement à ces deux-là ! pensa James. Il leur fallait vraiment un bon génie pour faire avancer leurs affaires...

Clio dormit très mal. Pour elle, Noël restait une fête familiale et la partager avec Lester menaçait de troubler son fragile équilibre. Mais pour rien au monde elle n'eût voulu gâcher le plaisir de son père et, quand Lester s'annonça le lendemain, elle l'accueillit en souriant. Il lui parut un peu sur la défensive, comme s'il s'attendait à ce qu'une panthère lui saute à la gorge !

— C'est gentil d'être venu. Papa y tenait beaucoup... et je serais également ravie si vous acceptiez un armistice.

— Un de plus ?

Un grand sourire contredisait l'ironie de la question et ils scellèrent le pacte d'une poignée de main.

— Je pensais que vous étiez déjà retenu ailleurs...

— Impossible de choisir entre toutes les reines de beauté qui se disputaient ma présence, mon chou ! Alors j'ai tranché en venant chez vous... Je suis sûr d'être tranquille puisque nos rapports sont « gelés » une fois pour toutes... non ?

Clio se mordit les lèvres...

— Je présume que j'ai mérité ce genre de réflexion...

— Enfin un peu d'honnêteté ! s'exclama Lester en riant. Venez, ne restons pas dehors au froid... J'ai l'impression de passer les fêtes en famille. On ne s'imagine pas comme Noël est triste quand on est seul...

Etait-ce bien Lester qui parlait ainsi ? Soudain elle se rappela les confidences de Mme Somerton... Il pensait sûrement à sa mère, si tendrement aimée...

Plus touchée qu'elle ne voulait l'admettre, Clio se détendit un peu. James s'agitait comme un bourdon pour leur préparer un vrai Noël et, finalement, ce fut presque une réussite.

Le vingt-cinq, ils regardèrent les vœux d'Elizabeth II à la télévision puis vint le moment des cadeaux... Ne sachant trop qu'offrir à un homme qui possédait tout, Clio avait eu une inspiration de dernière minute en passant devant un bouquiniste : elle y avait déniché une très belle édition reliée de cuir d'un ouvrage d'architecture.

Lester attendait qu'elle ouvre son petit paquet argenté... Tremblant légèrement, Clio souleva le couvercle de la boîte pour découvrir deux merveilleuses boucles d'oreilles d'émeraude ! Elle ne put retenir une exclamation ravie...

— J'ai pensé qu'elles iraient bien avec votre collier...

Stupéfaite, la jeune femme n'arrivait pas à y croire : l'attention était si touchante. Un peu gênante aussi car ces bijoux devaient dépasser de loin les sommes consacrées d'ordinaire aux cadeaux du personnel ! Le moment étant mal choisi pour épiloguer, elle le remercia avec chaleur, les yeux brillants de plaisir.

— J'espérais mieux, fit malicieusement Lester. D'autant que nous sommes sous le gui...

Il la prit dans ses bras et, avant qu'elle pût dire

quoi que ce soit, sa bouche fut sur la sienne, chaude, insistante, déclenchant dans tout son corps le fourmillement familier... Mais elle ne pouvait le repousser sans paraître bégueule : un baiser sous le gui, personne ne prenait ça au sérieux ! A son tour, Lester ouvrit son cadeau... Le livre lui plut tant qu'il tint à remercier de la même manière. Heureusement que la série des cadeaux s'arrêtait là, car les nerfs de Clio n'auraient pas longtemps soutenu l'épreuve !

— Eh bien ! il est temps que je fasse discrètement retraite, intervint James en toussotant. Mme Drew doit être prête, je vais la conduire dans sa famille, comme prévu. Je serai de retour dans une petite heure. Je ne pense pas que vous ayez besoin de moi d'ici là pour trouver un sujet de conversation...

Clio s'alarma. Pourtant son père emmenait chaque année leur gouvernante passer la nuit de Noël en famille... Il fallait se résigner. Pourvu que Lester ne devine pas son trouble à l'idée d'un tête-à-tête... A moins qu'il n'aille s'imaginer qu'elle avait combiné ce petit scénario !

— Que... que diriez-vous d'une balade ? J'ai besoin d'un peu d'air après toutes ces festivités !

— Excellente idée ! On pourrait jeter un coup d'œil sur les progrès du chantier ! Je crois qu'ils ont bien avancé, ces derniers temps...

Il lui tendit la main pour l'aider à se lever, sans en profiter pour l'enlacer comme elle le craignait... et le regretta tout aussitôt ! A l'entendre parler si froidement, qui aurait pu croire qu'il l'avait jamais tenue dans ses bras, vibrante de désir... Elle avait exigé des relations platoniques ? Il obéissait et voici qu'elle en souffrait !

Ils s'habillèrent chaudement. Le vent soufflait en tempête, ébouriffant la lande... La jeune femme adorait la sauvage beauté de sa Cornouailles dans ces moments-là. Lester avait gardé sa main dans la sienne, fraternellement, comme pour mieux communier avec elle dans ce grand déploiement de forces primitives : les flots grondaient en s'écrasant sur les rochers, les fougères pliaient sous la bourrasque, l'odeur iodée de l'océan montait à l'assaut des plages... Ils devaient lutter pour avancer mais Clio puisait des forces nouvelles dans ce furieux déchaînement. Tous les soucis s'effaçaient, réduits à néant devant la glorieuse puissance de la nature...

Ils approchaient du site et elle réprima l'émotion qui l'étreignait. Elle aurait tant voulu lui confier... mais non.

— Alors, ça fait une sacrée différence avec la dernière fois ! hurla Lester pour couvrir le vent. Ça commence à prendre tournure ! Ce sera aussi bien qu'Ibiza !

Comment pouvait-il évoquer Ibiza aussi sereinement ? Sans doute parce qu'il n'avait pas souffert, lui, si ce n'est d'une petite piqûre d'amour-propre vite oubliée dans d'autres bras...

— Vous êtes convaincue à présent, n'est-ce pas ?

Il paraissait si sûr de lui... Il savait depuis toujours qu'il balayerait ses objections comme de simples fétus de paille !

Clio commençait à se fatiguer ; il lui proposa immédiatement de rentrer, attentif comme aurait pu l'être un vieil ami de la famille... Ruse, sincérité ? Elle ne reconnaissait pas cet homme. Bien pis, c'était l'autre, le Lester passionné, qui lui manquait !

Le lendemain, Lester reçut un coup de fil. Quand il raccrocha, Clio surprit sur son visage un sourire qui ne présageait rien de bon...

— C'était Carlotta ! Elle est à Londres pour enregistrer un disque et elle a trouvé votre numéro sur mon répondeur. Figurez-vous qu'elle nous invite pour la Saint-Sylvestre !

— Comment ça, nous ? Moi aussi ?

— Mais bien sûr... Vous verrez, quand Carlotta donne une soirée, c'est toujours exceptionnel ! On nage en pleine folie !

Charmante perspective... Si c'était pour assister à leurs ardentes retrouvailles, merci bien, il pouvait la garder sa soirée ! Mais déjà sa pie de père s'en mêlait, demandant le pedigree de cette Carlotta et, en dix minutes, le jeune homme l'embobina si bien qu'il voyait en cette Saint-Sylvestre l'événement du siècle !

— Tu t'amuseras comme une folle, chérie ! Quelle bonne idée, Lester ! Elle a besoin de se distraire un peu, après cette fichue maladie !

Une vraie conspiration... Ah, ils se liguaient tous pour l'entraîner là-bas ? Eh bien, elle n'irait pas ! Elle regarda Lester. Il s'attendait à un refus, elle le vit immédiatement dans ses yeux. Il croyait bien la connaître... Parfait ! Il allait voir !

— Je serai enchantée d'y aller. C'est si gentil à vous de m'y emmener, Lester...

Chapitre douze

Elle s'était peut-être laissée entraîner à cette soirée, mais Clio n'entendait absolument pas passer la nuit à Londres. Curieusement, Lester n'insista pas. En vérité, il avait besoin de sa secrétaire à Bristol le lendemain : un client de passage ne pouvait lui consacrer que cette matinée !

— Désolé mais je devrai vous ramener juste après minuit, comme Cendrillon ! s'excusa Lester, engageant la voiture sur l'autoroute de Londres.

— Au contraire... Si la soirée est aussi brillante que prévu, je serai sûrement exténuée bien avant la fin !

— Notre Carlotta sera la reine de la fête mais je vous trouve très en beauté, ce soir, Clio... Je suis fier de vous y accompagner.

Que de platitudes ! Clio en aurait pleuré... Depuis l'appel de Carlotta, Lester semblait nerveux et un nouveau fossé, infranchissable celui-là, les séparait. Peut-être regrettait-il de devoir l'emmener... Il faudrait jouer serré, ce soir ! Pas question d'apparaître comme la chétive petite secrétaire, malade d'amour pour son beau patron indifférent... Personne ne devait penser qu'il la traînait à cette soirée par charité.

Le salon du grand hôtel londonien bruissait de monde... Que de célébrités réunies sous ces lustres étincelants ! Carlotta les accueillit à grands cris, superbement drapée de soie rouge, ruisselante de joyaux... Pas de doute, elle était la superstar de la soirée ! Derrière elle, un homme qu'elle leur présenta comme son producteur, Juan Domingo, espagnol comme elle, une allure folle, dans le style séducteur latin.

— Juan chéri ! susurra Carlotta. Je te présente Lester Burgess, dont tu es si ridiculement jaloux !

Elle éclata de rire, comme si la simple idée qu'il pût avoir jamais existé quelque chose entre eux relevait de la pure fantaisie ! Clio en fut sidérée... mais le pire restait à venir...

— Et voici Clio, son adorable fiancée ! Ne t'avais-je pas dit qu'elle a les plus beaux cheveux blonds du monde ? Blond nacré... Clio, ma chérie, vous êtes ravissante, ce soir !

Déjà, Carlotta les plantait là pour aller à la rencontre d'autres invités mais Clio n'avait pas manqué son regard suppliant à Lester, ni l'imperceptible tremblement de sa voix quand elle avait osé la présenter comme la fiancée de celui-ci ! Quel infernal culot ! Si elle s'attendait à devoir jouer un rôle ce soir, ce n'était certes pas celui de sa fiancée !

— Comment avez-vous pu me faire une aussi sale blague, Lester ?

Le bruit des conversations et de la musique couvraient presque sa voix...

— C'est le traquenard le plus mesquin que vous m'ayez jamais tendu et si vous pensez que je vais accepter de...

Il se pencha vers elle et l'enlaça avec un sourire charmeur. Le plus attentionné des fiancés n'aurait pas mieux fait. Sous couvert de l'embrasser il lui glissa quelques mots d'une voix sèche et sans réplique !

— Vous allez le faire parce que je l'exige. La mascarade ne durera que le temps d'une soirée et je vous jure que je n'ai aucun intérêt personnel dans l'affaire ! Vous m'avez suffisamment fait comprendre à quel point je vous déplais ; et je vous assure que j'ai autant envie de vous séduire qu'une araignée venimeuse !

Il étouffa sous un baiser sa protestation indignée, jouant à merveille son rôle d'amoureux...

— Ne vous en faites pas, dès la fin des réjouissances, nous en reviendrons à nos relations habituelles. Je ne me prête à ce petit jeu que pour aider Carlotta. Elle est très amoureuse de ce Juan, elle veut à tout prix se faire épouser ! Mais comme il a le sang vif, il s'est mis en tête que Carlotta avait un faible pour moi, Dieu sait pourquoi...

— Ça, on se le demande ! fit Clio, sarcastique.

Comme si elle venait de plaisanter, Lester lui taquina l'oreille du bout du nez... Il se montrait vraiment très doué pour la comédie !

— Quand elle m'a téléphoné chez votre père, elle m'a demandé de vous emmener, afin que ces prétendues fiançailles rassurent Juan... Ça n'ira pas plus loin, Clio, je n'exige pas de vous des feulements de panthère folle d'amour. Prenez simplement cela comme une partie de votre travail. Je ne serai pas le premier patron qui demande à sa secrétaire ce genre de petit service !

Pour elle, cela représentait beaucoup plus qu'un petit service. Ne pouvait-il deviner qu'il lui en coûterait de jouer le rôle de la chaste fiancée, même pour une nuit... Subitement, une idée folle lui traversa l'esprit et elle se lança sans même réfléchir :

— Si j'accepte, annulerez-vous mon contrat ? Serai-je libre de vous quitter avant que le lotissement soit terminé ?

— Entendu, fit Lester au bout d'un moment. Si vous restez jusqu'à ce que je trouve une remplaçante.

— Marché conclu.

Pourvu qu'il ne perçoive pas les battements précipités de son cœur ! Elle avait l'impression pure et simple de s'amputer, de mourir à petit feu. Mais elle ne pouvait continuer à subir cette torture : le voir chaque jour, l'aimer de toutes ses forces en le sachant indifférent. Même si Carlotta ne comptait pas pour lui, il y en aurait une autre, puis une autre encore...

— Maintenant, chérie, faites-moi le plaisir de respecter le contrat. Forcez-vous, que diable, ayez l'air amoureuse de moi ! Est-ce donc si difficile, même pour quelques heures ?

Elle leva sur lui un regard lumineux — dont jamais il ne devrait deviner que la tendresse était réelle. Quel poignant regret de ne pouvoir montrer son amour que sous couvert d'une supercherie ! Mais elle tiendrait sa promesse, pour disparaître ensuite à tout jamais de sa vie...

La musique égrenait des accords romantiques... Lester l'enlaça et ils dansèrent, joue contre joue. Elle ferma les yeux. De temps à autre, Lester baisait son front, effleurait ses cheveux, donnant une image très convaincante d'un fiancé amoureux. Clio luttait pour rester lucide, mais elle se sentait fondre entre ses bras... Demain, il ne resterait de tout cela qu'un souvenir amer... Alors pourquoi ne pas s'abandonner à la magie de l'instant, glisser dans le rêve pour une nuit, une seule ? Il la serrait contre lui... On aurait pu croire qu'il l'aimait... oui, il l'aimait ! Et Clio lui rendait son amour, passionnément, dans un élan qui n'aurait pas de lendemain...

— Vous êtes parfaite, murmura le jeune homme à son oreille. Pour un peu, je m'y laisserais prendre !

Elle lui sourit, les yeux trop brillants, et se blottit contre son épaule pour dissimuler ses larmes. Fiancée à Lester Burgess ! Cela semblait si naturel, si terriblement évident... A minuit, comme les lumières s'éteignaient, il prit ses lèvres, la scellant à lui en un baiser possessif qui raviva tous les désirs brûlants, incontrôlables, qu'elle cherchait si vainement à refouler. Il la plaquait contre lui et la sensation en fut si grisante qu'elle ne put retenir un frisson de plaisir. Immédiatement son compagnon la relâcha, se méprenant sur sa réaction.

— Désolé. J'ai pris mon rôle un peu trop à cœur, on dirait. Ces fiançailles sont peut-être pure supercherie mais je vous trouve très, très adorable, Clio, ma beauté !...

Ses yeux s'embrumèrent. Dieu merci, on n'avait pas rallumé car, en cet instant, Lester aurait pu lire la vérité nue sur son visage.

— Ce n'est rien... Ne devions-nous pas partir vers minuit ? Je commence à ressentir la fatigue...

— Oui, allons-y. Moi aussi j'en ai assez.

Assez ? D'elle, sans doute... Comment lui en vouloir ? Pour un homme tel que lui, ce genre de nuit ne pouvait se terminer que dans le lit d'une femme. Mais sûrement pas celui de Clio.

Ils prirent congé de Carlotta et, devant le sourire radieux qui illuminait son visage, ils devinèrent que leur petite machination avait été parfaitement efficace. Dans la voiture, Clio ne put résister au sommeil. Elle avait tant besoin d'oublier...

— Nous sommes arrivés. Réveillez-vous. Ça va mieux ?

Le ton était froid. Le jeune homme se montrait poli, sans plus.

— Oui, mentit Clio. Quelle heure demain ?

— Je passe vous prendre à dix heures... Merci pour cette soirée.

Elle aurait voulu le remercier à son tour mais les mots se bloquèrent dans sa gorge. Elle

138

referma la portière en lui souhaitant bonne nuit, ivre d'amertume et de douleur... Cendrillon avait dansé au bal son dernier bal. Seuls l'attendaient souffrance et regrets, à présent. Pas de pantoufle de vair. Le Prince Charmant avait d'autres projets...

Après le rendez-vous exceptionnel de cette matinée du premier janvier, Lester se rendit à Ostende étudier un projet d'hôtel de grand luxe. Son absence laissait à Clio le temps de reprendre ses esprits mais sa décision restait irrévocable. Si Lester ne se décidait pas à chercher lui-même une nouvelle secrétaire, elle rédigerait un brouillon de petite annonce et le laisserait sur son bureau pour approbation au début de la semaine suivante...

Le vendredi matin, la sonnerie insistante du téléphone la tira brutalement du sommeil. Il était quatre heures...

— C'est vous, Clio ?

Elle reconnut immédiatement la voix inquiète de Mme Drew.

— Oui. Que se passe-t-il ? Papa...

— Ne vous affolez pas, ma chérie. Il ne voulait pas que je vous appelle en pleine nuit mais j'ai pensé que vous préfériez savoir tout de suite. Il est à l'hôpital de Penzance.

— A l'hôpital ! cria Clio, paniquée.

— Il a ressenti un petit malaise hier soir et il plaisantait en accusant ma cuisine de lui rester sur l'estomac. Mais, peu après, il souffrait tant que j'ai appelé le docteur ! J'ai bien peur que ce soit une péritonite. Ils sont en train de l'opérer en ce moment. Pardonnez-moi de pleurer, ma pauvre chérie, mais il y a si longtemps que je suis à son service...

Par réaction, Clio reprit son sang-froid. Ça n'était pas le moment de perdre la tête !

— Je prends le premier train du matin, madame Drew. Je me rendrai directement à l'hôpital. Voulez-vous les prévenir ?

— Tout de suite ! Vous resterez ce week-end, n'est-ce pas ?

— Bien sûr. A tout à l'heure !

Elle raccrocha d'une main tremblante. Si Mᵐᵉ Drew savait... Elle resterait bien plus longtemps qu'un simple week-end. Son père avait besoin d'elle, pas Lester Burgess. Il lui faudrait seulement revenir à Bristol pour y prendre ses affaires, tout ce qui avait fait de cet appartement un foyer provisoire... Mais cela pouvait attendre. D'abord, appeler la gare.

Lorsqu'elle prit place dans le compartiment, la ville s'éveillait à peine. Elle frissonna, resserrant son manteau autour d'elle. Et le morne paysage se mit à défiler... Elle avait laissé un message sur le répondeur téléphonique de Lester, lui expliquant la raison de son départ précipité et promettant de rappeler dès qu'elle aurait vu son père. Lester accourrait aux nouvelles, bien sûr, puisqu'ils étaient associés. Associés... associés... le mot résonnait dans sa tête, renvoyé en écho par le rythme du train... Il lui faudrait trouver un nouvel emploi ailleurs, très loin, pour lui échapper. Mais comment pourrait-elle jamais l'oublier ?

Une fois à Penzance, Clio sauta dans un taxi qui la mena à l'hôpital, long dédale de couloirs blancs aux odeurs d'antiseptique... L'infirmière, une religieuse, la rassura : l'opération s'était bien déroulée et on lui permettait une courte visite.

— Il est encore un peu dans les nuages à cause de l'anesthésie mais demain il ira déjà beaucoup mieux.

James reposait, immobile, livide, mais à la vue de sa fille son regard s'anima.

— Comment as-tu fait pour arriver si vite ?

J'avais dit à Mme Drew de ne pas t'inquiéter...

— C'est trop égoïste de ta part ! balbutia Clio, au bord des larmes. J'aurais été furieuse si elle ne m'avait pas prévenue !

Elle s'efforçait à l'indignation, essayant tant bien que mal de dissimuler son émotion... James émit un faible petit rire et grimaça aussitôt de douleur.

— Aïe ! Je n'aurais pas dû... Ça tire sur la cicatrice ! Depuis que tu es là, chérie, j'ai envie de danser de joie mais je crois qu'il faudra remettre ça à plus tard...

— Je resterai jusqu'à ce que tu puisses gambader sans problème, papa.

— Rester ? Mais... Burgess ? Et ton travail ?

— Il peut se passer de moi.

Ce n'était que trop vrai et son cœur se serra...

— Pas longtemps, Clio, crois-moi. Tu ne peux pas lui faire faux bond simplement à cause de moi ! Je serai très vite sur pied !

Il s'agitait beaucoup trop et la religieuse donnait des signes d'impatience. Clio s'empressa de le rassurer.

— Bien sûr, papa. Mais pour quelques jours, Lester comprendra très bien. Tu sais qu'il t'aime beaucoup, lui aussi. Repose-toi bien. Je repasserai te voir plus tard.

Elle l'embrassa, refoulant ses larmes. C'est vrai, Lester aimait réellement son père... Et pas uniquement pour des raisons d'intérêt, il fallait le lui reconnaître. Les deux hommes s'entendaient à merveille et il n'était pas question que Clio inquiétât James en lui apprenant sa démission. Il y allait de sa guérison, il devait ignorer sa décision le plus longtemps possible.

Mme Drew la réconforta d'un bon repas et, dans l'après-midi, elle retourna à l'hôpital. James avait déjà bien meilleure mine... En début de soirée, elle était de retour, complètement vidée par sa journée. Mais il fallait encore appeler Lester... Au moment où elle allait composer le numéro, la sonnerie retentit. Lester ! Elle sut que c'était lui avant de décrocher.

— Comment va-t-il ? fit-il sans préambule.

— Beaucoup mieux ce soir... Je suis désolée d'être partie si vite mais je ne pouvais faire autrement.

Sa voix lui paraissait si proche... Elle ferma les yeux...

— Qui vous reproche quoi que ce soit ? Prenez un congé et restez avec lui le temps que vous voudrez.

— Je reste pour de bon, cette fois, Lester... Je passerai chercher mes affaires mais, si vous voulez libérer l'appartement tout de suite, faites-les empaqueter par Mme Somerton.

Silence à l'autre bout du fil.

— Je vois... C'est donc définitif, cette fois.

Aucune surprise, aucune colère dans sa voix. Comme s'il n'y accordait vraiment aucune importance...

— Je me suis décidée le trente et un au soir, Lester. Et avec ce qui vient d'arriver, je crois qu'il est préférable de nous en tenir là tout de suite.

Heureusement, il ne pouvait deviner ses larmes...

— Comme vous voudrez. Transmettez à votre père mes vœux pour son rétablissement. Je serais venu lui rendre visite si j'étais passé sur le chantier ces jours-ci mais ça me paraît peu probable : nous avons des problèmes à Ostende et je dois y retourner cette semaine. Naturellement, tous ces détails ne vous intéressent plus... Je vais tenter de réveiller Maggie pour me dépanner provisoirement. Car je vous considère toujours comme mon employée, Clio. Je ne vous ai pas mise à la porte et je n'ai vu aucun préavis signé de votre main. Alors considérons ceci comme une parenthèse, d'accord ?

— Lester, il n'en est pas question...

— N'hésitez pas à appeler si vous avez besoin de moi.

Un déclic... La ligne était coupée.

Chapitre treize

Le visage ruisselant de larmes, Clio ne songeait
même pas à raccrocher. Elle restait là, anéantie,
tremblant de tous ses membres. Un bras mater-
nel lui entoura les épaules... Mme Drew lui tendit
un mouchoir et reposa le combiné.

— Calmez-vous, mon petit... Je sais que tous
ces événements vous éprouvent durement mais
votre père est un homme solide et il faudrait plus
qu'une péritonite pour en venir à bout ! Et à
propos de ce monsieur qui vous a raccroché au
nez, le mieux serait de repartir à Bristol pour
faire le point avec lui, face à face. Je ne sais pas ce
qui cloche entre vous mais il n'y a pas de
meilleure façon d'éviter les malentendus... Là-
dessus, je vais nous faire une bonne tasse de thé...
à moins que vous ne préfériez quelque chose d'un
peu plus raide !

— Non, merci, madame Drew. Le thé ira très
bien.

Clio se laissait dorloter avec reconnaissance.
C'était si bon, pour une fois, d'abandonner la
lutte... Mme Drew devait croire à une querelle
d'amoureux. Pour l'instant, mieux valait ne pas
la détromper car, si la jeune fille se lançait dans
des confidences, elle risquait de ne pas maîtriser
son émotion et de tout dévoiler... Et ce que
Mme Drew saurait, son père l'apprendrait

immanquablement à la vitesse du son ! La jeune femme s'essuya les yeux.

— S'il vous reste un petit morceau de cake, je me laisserais bien tenter...

— Voilà qui est mieux ! Aucun homme ne mérite qu'on se laisse mourir de faim pour lui !

La simple idée d'avaler quoi que ce soit lui soulevait le cœur mais il fallait « faire comme si »... pour n'inquiéter personne.

Et quelques jours plus tard, Clio allait déjà mieux. Le retour au pays accomplissait encore son miracle familier... Bien sûr, il lui arrivait encore de se réveiller en pleine nuit, toute moite d'un rêve où Lester était si présent qu'elle le touchait, sentait ses lèvres sur les siennes... Elle ne l'oublierait jamais, mais le temps, l'éloignement joueraient leur rôle. La douleur s'apaiserait. Un peu...

La convalescence de James se déroulait sans complication. Il rentrerait bientôt, les derniers points de suture ôtés. Lester appela à plusieurs reprises mais restait distant. Comme s'il rayait Clio de sa vie... et elle tâchait de se convaincre que tout était bien ainsi.

Si elle parvenait à tromper Lester sur ses véritables sentiments, elle ne donnait pas si facilement le change à son père ! Il la connaissait trop pour ne pas deviner la cause de sa pâleur, de ses yeux battus... Adorant sa fille et s'attachant chaque jour un peu plus à Lester, il bouillait d'impatience devant leur aveuglement. Dès qu'il sortirait de l'hôpital, il veillerait à y mettre bon ordre !

Quand enfin il put rentrer chez lui il se décida à intervenir sur-le-champ, par une belle matinée de janvier. Le temps se montrait d'une douceur exceptionnelle... Père et fille prenaient le café sur la véranda, le soleil traversait les petits carreaux d'une fenêtre à meneaux, éclaboussant Clio d'or pâle. La souffrance de ces dernières semaines marquait encore son visage. Elle semblait plus fragile que jamais...

— Tu sais, ma chérie, rien ne t'oblige à rester ici plus longtemps...

— Je ne compte pas m'éterniser, ne t'inquiète pas !

Il fallait plaisanter afin qu'il ne devine rien...

— Je partirai dès que je pourrai te faire confiance. Si je te laissais à présent, tu n'aurais rien de plus pressé que de galoper inspecter le chantier !

Sa gaieté forcée ne trompait personne. James remarqua ses lèvres tremblantes à la simple évocation du site... Tout ce qui rappelait Lester la broyait un peu plus. Elle frôlait la dépression nerveuse et il en faudrait très peu pour l'y faire basculer. Quel gâchis, alors que ces deux têtes de mules étaient si manifestement faites l'une pour l'autre ! Le premier imbécile venu s'en serait aperçu !

Un beau matin, il expédia sa fille à Helston sous prétexte de rapporter des livres à la bibliothèque et, dès son retour, la fit venir dans son bureau.

— Lester vient de téléphoner.

Clio crut que son cœur stoppait net. Mais il fallait dissimuler :

— Ah ! tiens ? J'espère que tu lui as dit que tu tournais comme un ours en cage, à vouloir reprendre toutes tes activités contre l'avis des médecins !

— Il est malade, Clio... Je l'entendais à peine. Un petit filet de voix étouffée... Il a besoin de toi d'urgence. Maggie je-ne-sais-plus-qui lui fait faux bond et les affaires en cours sont trop importantes pour que Lester les confie à la fille qui se fait les ongles à longueur de journée.

Clio n'avait même pas entendu la fin de la phrase :

— Il est malade ? Qu'est-ce qui ne va pas ?

— Il n'a pas précisé... Si tu y vas immédiatement, il te dira ce que tu peux faire pour le bureau, fit James en jetant un coup d'œil à sa montre. Tu peux être chez lui en début d'après-midi si tu ne traînes pas trop en route...

— Mais toi, papa, ça ira ?

— Bon sang, chérie, je ne suis pas en sucre ! Il faut savoir se décider dans la vie ! A toi de choisir où tu seras le plus utile... Allez, file et téléphone-moi ce soir pour me donner des nouvelles.

Clio l'embrassa et se précipita. Lester avait besoin d'elle. Peu lui importait de savoir pourquoi, il fallait y aller. Elle analyserait ses motivations une autre fois...

Elle fit le voyage d'une traite, ne s'arrêtant que pour avaler un sandwich. Elle ne serait bonne à rien si elle arrivait là-bas l'estomac dans les talons... A peine deux heures plus tard, elle arrêtait sa voiture devant chez Lester.

La maison lui parut accueillante comme une vieille amie... Il lui semblait rentrer chez elle. Quelle impression étrange ! Reprends-toi, Clio ! Tout attendrissement est dangereux ! Lester devait sûrement dormir et, pour ne pas le réveiller, elle passa par la cuisine, qu'on ne fermait jamais à clé. Elle s'attendait à y trouver la gouvernante mais la pièce était vide. Elle accrocha son manteau à la patère du couloir et se dirigea vers le salon, d'où parvenait un rai de lumière.

Ce qu'elle y découvrit la figea de stupeur... Dans la cheminée, une grosse bûche crépitait joyeusement, irradiant une douce chaleur. Un bouquet de houx sur la commode réchauffait la pièce de ses tons rouges et verts. Sur le petit guéridon, un flacon de sherry semblait n'attendre que le bon vouloir du maître de maison... Lester emplit deux verres. Les lueurs du feu transmuaient le vin ambré en sève d'or liquide...

Lester ?... En pleine forme, éclatant de santé, aussi viril et séduisant qu'à l'ordinaire ! Il lui tendit un verre en souriant, attendant sa réaction. Clio en resta sans voix mais les deux émeraudes de ses yeux lançaient des éclairs ! N'importe qui aurait tressailli devant pareille rafale mais Lester s'avançait tranquillement, félin sûr de sa proie. Elle recula, les poings tellement serrés que les ongles lui entraient dans la paume.

— Quelle horreur... vous êtes ignoble ! Mentir de la sorte ! Jouer d'une prétendue maladie pour me faire revenir ! Et dire que vous avez eu le culot d'impliquer mon père dans cette comédie !

Elle refoula les larmes qui se pressaient à ses paupières. Jamais plus elle ne se donnerait en spectacle devant lui !

— Comment pouvez-vous être aussi cynique ? Et dire que je croyais que vous considériez papa comme un associé, presque un ami ! Est-ce ainsi que vous agissez avec vos filles d'une nuit, en les trompant pour parvenir à vos fins ?

Lester reposa les verres. Il fut sur elle si vite qu'elle ne put esquiver sa poigne d'acier sur son bras. Elle le foudroya du regard, s'accrochant à sa colère comme à une bouée de sauvetage : si elle abaissait sa garde un seul instant, elle se savait incapable de résister à son étreinte... Lester serrait les dents devant la jeune femme qui le défiait. Manque d'habitude, sans doute. Elles cédaient toutes. Clio, elle, le méprisait.

— Votre père ne m'a rien caché de votre sale caractère.

Clio faillit s'étrangler de rage mais il continua comme si de rien n'était.

— Quand il m'a téléphoné ce matin et que

nous avons mis au point ce petit scénario, il m'a donné l'autorisation de vous administrer une fessée bien méritée, si vous vous accrochiez à cette conduite imbécile et butée.

Comment ? Son père... ? Au courant ? Complice, même ?

— C'est mon père qui vous a appelé ? Il m'a dit que vous aviez téléphoné, que vous étiez si malade et qu'il vous entendait à peine. Il a même dit qu'il ne vous restait...

— « ... qu'un petit filet de voix étouffée », je sais. Il fallait trouver quelque chose de bien tragique et persuasif pour vous faire sortir de votre tanière. La santé de votre père n'exige pas qu'on le materne plus longtemps, Clio, et en ce qui vous concerne nous sommes convenus que mes besoins étaient plus impératifs que les siens !

— Vos besoins ! On les connaît, vos besoins ! Carlotta, n'importe quelle minette — ou bien vos secrétaires — suffisent à les satisfaire !

— Carlotta épouse Juan Domingo à la fin du mois.

Il avait parlé sèchement, la voix coupante comme le fil d'un rasoir. Clio sentit qu'il ne se maîtrisait qu'à grand-peine.

— Minettes ! Secrétaires ! Comme vous y allez ! Je ne sais pas d'où vous sortez cette fable ridicule ! Les femmes ne se jettent pas à mon cou en meutes déchaînées !

— Je ne suis pas ici pour évoquer vos maîtresses, Lester !

Exaspéré, il la saisit aux épaules et la secoua violemment.

— Une seule femme compte pour moi, une seule ; celle qui se trouve ici en ce moment. Mais pour mon malheur, c'est aussi la plus entêtée que j'aie jamais rencontrée !

— Je ne ferai pas votre malheur plus longtemps, coupa Clio d'un ton glacial. C'est fini, vous m'entendez ! Fi-ni !

Elle se dégagea, le cœur brisé par la semi-déclaration de Lester.

— Pendant que j'y suis, autant prendre les quelques objets que j'ai laissés à l'appartement. Finalement je suis ravie d'être venue. Quand j'aurai tout rapporté chez moi, je n'aurai plus jamais aucune raison de remettre les pieds ici !

Elle criait presque, retenant à grand-peine ses sanglots. Mais elle sut immédiatement qu'il décelait sa faiblesse. Elle se détourna du regard perçant, craignant qu'il ne découvrît la vérité. Elle avait un tel besoin de lui ! Le voir si proche la torturait... Il fallait s'arracher à lui avant de trahir le désir insensé, l'amour fou qu'il lui inspirait !

— Puis-je vous rappeler que vous êtes venue pour travailler, reprit froidement Lester. J'ai encore quelques menus services à vous demander. Après cela, partez si c'est vraiment ce que vous désirez. Je n'ai jamais retenu aucune femme contre son gré...

Où était donc passé le don Juan ? Il n'y avait plus qu'un homme troublé devant elle... Ce tic nerveux au coin de la mâchoire... Mais non, elle rêvait, imaginait des choses qui... Rien ne désarçonnait Lester Burgess.

— Que voulez-vous de moi ?

Il lui jeta un bloc de papier et un stylo.

— Prenez sous la dictée.

Soudain, épuisée par l'insupportable tension qui régnait entre eux, Clio s'effondra dans un fauteuil. Il fallait en finir au plus vite. Puis elle s'évanouirait de sa vie pour toujours. Penchée sur le papier, elle attendait qu'il commençât et ses longs cheveux, frôlant le bloc, dissimulaient la douleur qui ravageait son visage.

— Par la présente, fit-il d'une voix neutre et

professionnelle, je mets fin à notre contrat et vous informe que vos services ne sont dorénavant plus requis.

Clio leva les yeux. La colère redonnait couleur à ses joues...

— Comment pouvez-vous m'humilier ainsi ? C'est moi qui démissionne !

— Je n'ai pas dit que cette lettre vous était destinée.

Comme s'il avait besoin de préciser ! Il s'amusait à fouailler la plaie, pour lui faire payer ce qu'il croyait être son mépris, sa haine ! S'il avait su...

— Voulez-vous poursuivre, je vous prie ? Vous êtes encore sous mes ordres.

Elle acquiesça, se mordant les lèvres.

— Etant associé avec votre père, je dois vous prévenir que les intérêts qu'il détient dans notre affaire vous reviendront de droit un jour. Nous deviendrons donc associés de fait et cette situation vous paraîtra inacceptable aussi bien qu'à moi.

Les yeux brouillés de larmes, Clio distinguait à peine le papier. Sa sténographie devenait illisible mais quelle importance ? Chaque mot se gravait, au couteau, dans son cœur...

— En conséquence, comme je juge impossible de poursuivre cette association selon les mêmes critères et que, par ailleurs, il m'est impossible de vivre sans vous, je vous propose un autre type de contrat qui remplacerait le premier dès que possible.

Clio se figea au beau milieu de la phrase... Avait-elle bien entendu ? Le cœur battant, elle leva les yeux pour assister à la plus incroyable métamorphose : le masque brutal que Lester maintenait à grand-peine sur son visage se dissolvait pour laisser place à l'expression la plus tendre, la plus vulnérable qu'elle ait jamais vue...

Elle retint son souffle, comme si le moindre bruit pouvait briser le charme... Lester marmonna un juron, passant une main maladroite dans ses cheveux.

— Faut-il vraiment mettre les points sur les « i », Clio ? Ces quelques semaines sans vous ont été un véritable enfer... Je ne suis pas un spécialiste des grandes phrases et, jusqu'à présent, je n'ai pas eu la moindre envie d'en faire. Certes, j'ai connu des coups de cœur, mais je n'ai jamais rencontré l'amour, « la » femme, celle que je voulais pour épouse, à mes côtés pour le reste de mes jours. Je n'ai jamais dit « je vous aime » et, avec le temps, c'est devenu très difficile à prononcer... Mais vous l'aviez deviné, n'est-ce pas, Clio ? Dites-moi que vous l'aviez compris à Ibiza ! Je vous le criais de toutes mes forces... Seuls les mots ne passaient pas...

La jeune fille s'était levée d'un bond. Lester lui ouvrit les bras et elle s'y jeta avec un gémissement de bonheur. Pour quelqu'un qui ne connaissait rien aux grandes phrases, il se débrouillait plutôt bien ! Merveilleusement bien, même ! Elle s'abandonna à son étreinte et toutes les frustrations, toutes les rancœurs fondirent comme neige au soleil...

— Je ne rêve pas, au moins ? murmura Clio, serrée contre lui.

— Si tu rêves, chérie, nous sommes deux. Espérons que nous ne nous réveillerons jamais...

— Je n'arrive pas à y croire... T'ai-je bien entendu dire que tu m'aimais ?

— Parfaitement ! Et tu ferais mieux de t'y habituer car je crains de le répéter assez souvent ! Mais toi, tu n'as rien dit...

Il s'allongea sur le tapis et l'attira contre lui.

— Faut-il vraiment parler pour se comprendre ?

— Les hommes aussi ont besoin qu'on leur

fasse un petit dessin de temps en temps! Nous sommes capables de sentiments, nous, tout comme vous! Alors mets fin à mon agonie, dis-moi que tu m'aimes et que tu vas m'épouser...

— Vos désirs sont des ordres, patron, répondit Clio en riant, le bonheur le plus pur dansant dans ses yeux. Je sais que vous détestez que vos secrétaires surchargent vos textes mais, cette fois, je vais me permettre de rajouter un paragraphe! Non seulement je t'aime, Lester, mais j'ai cru mourir la veille du 1er janvier quand tu m'as fait jouer le rôle de ta fiancée. Pendant quelques heures, j'y ai presque cru...

— Ma fiancée, mon amour! Tu sais, je voulais simplement aider Carlotta mais il n'y a jamais rien eu entre nous. Je m'en veux terriblement de ne pas avoir compris à quel supplice cette comédie t'exposait. Quand tu as décidé de rompre notre contrat, j'ai cru que c'était terminé pour toujours. J'étais fou... fou... J'ai souffert comme un damné.

— Mais... tu m'aimais déjà à ce moment-là?

— Depuis le premier jour, Clio! Au début, ça prenait plutôt la forme d'une obsession, je ne comprenais pas ce qui m'arrivait! Evidemment, c'est la première fois! Quand j'ai réalisé, je n'ai pas osé te le dire. Tu me haïssais tant que tu aurais cru à quelque machination! J'ai pensé que la meilleure solution consistait à me conformer à l'image que tu avais de moi, en espérant que tu t'accrocherais pour essayer de me transformer...

— Oh! Lester... Quel temps précieux nous avons perdu!

— Ne perdons plus une minute, chérie... Dès que nous aurons rempli quelques petites formalités, c'est la vie entière qui s'offrira à nous... et, pour aujourd'hui, la maison nous appartient.

— Notre vie de couple commence dès maintenant, à la seconde même.

Déjà, Lester dégrafait son chemisier. Clio s'abandonna, sachant qu'il n'y aurait jamais de meilleur moment. Le sommet de toute une vie. C'était ici, tout de suite qu'elle voulait s'unir à lui, devant cette cheminée qui crépitait doucement... L'alliance de leurs cœurs valait toute la paperasserie du monde... Lester glissa sa main dans l'échancrure de son chemisier et, bientôt, ses lèvres suivirent le chemin tracé par ses caresses. Quand il baisa ses seins, Clio sentit un flot de lave liquide rouler dans ses veines. Comme dans une brume irréelle, elle se déshabilla... Lester, déjà nu, s'allongeait à ses côtés et, quand leurs corps se scellèrent, Clio comprit ce qu'était l'ultime accomplissement entre un homme et une femme. C'est l'amour qui porta à son paroxysme l'explosion de plaisir qui la fit crier dans ses bras. Et l'amour encore qui troubla la voix de Lester quand il lui promit les années de bonheur qui couronneraient leur longue attente...

Inlassablement il lui redit sa passion et Clio s'offrit totalement, rendant caresse pour caresse, baiser pour baiser, avide d'apprendre, de prévenir les désirs de cet homme qu'elle aimait trop pour ressentir le moindre embarras... Le premier élan de passion assouvi, elle s'étendit contre lui, posant ses lèvres sur son épaule et lui rappela en riant qu'il lui faudrait engager une nouvelle secrétaire !

— Problème tout à fait mineur. Ce que je voudrais en fait, c'est t'engager toi pour un poste où tu serais seule candidate... Clio chérie, que dirais-tu d'être mon associée à vie, ma seule partenaire en amour ?

— Devine ? répondit la jeune femme d'une voix chaude. Je croyais que la réponse s'imposait d'elle-même...

Lester ne répondit pas mais ses gestes étaient plus convaincants que tous les mots de toutes les langues. Il l'attira contre lui... Clio se perdit dans son baiser, laissant échapper un petit soupir de bonheur. La future Mme Burgess succombait déjà au tendre duel des corps qu'engageait pour la deuxième fois son fiancé très aimé. Et c'est avec ivresse qu'elle réalisa qu'une longue série de duels les attendaient pendant les années et les années à venir. Un millier d'années, au moins.

Duo

Série Romance

219   **NORA ROBERTS**
Pour l'amour de l'art

Sur la jetée de San Francisco, Sally rencontre
un peintre célèbre qui, fasciné par sa beauté,
lui propose de poser pour lui. Elle saute sur
l'occasion, ravie de trouver un moyen facile et
sans risques de subsister. Sans risques ?
Rien n'est moins sûr !

220   **DOROTHY CORK**
L'ange du passé

Décidée à tout pour garder Angelsmount,
le vignoble que lui a légué son père, Fiona
accepte d'épouser Clint Varenay : un mariage
d'intérêt qui lui permettra de conserver le
domaine. Mais est-ce bien l'intérêt qui guide
sa décision ?

Achevé d'imprimer sur les presses de l'Imprimerie Bussière
à Saint-Amand-Montrond (Cher)
le 17 octobre 1984. ISBN : 2-277-80221-2. ISSN : 0290-5272
N° 2080. Dépôt légal octobre 1984. Imprimé en France

Collections Duo
27, rue Cassette   75006 Paris
diffusion France et étranger : Flammarion